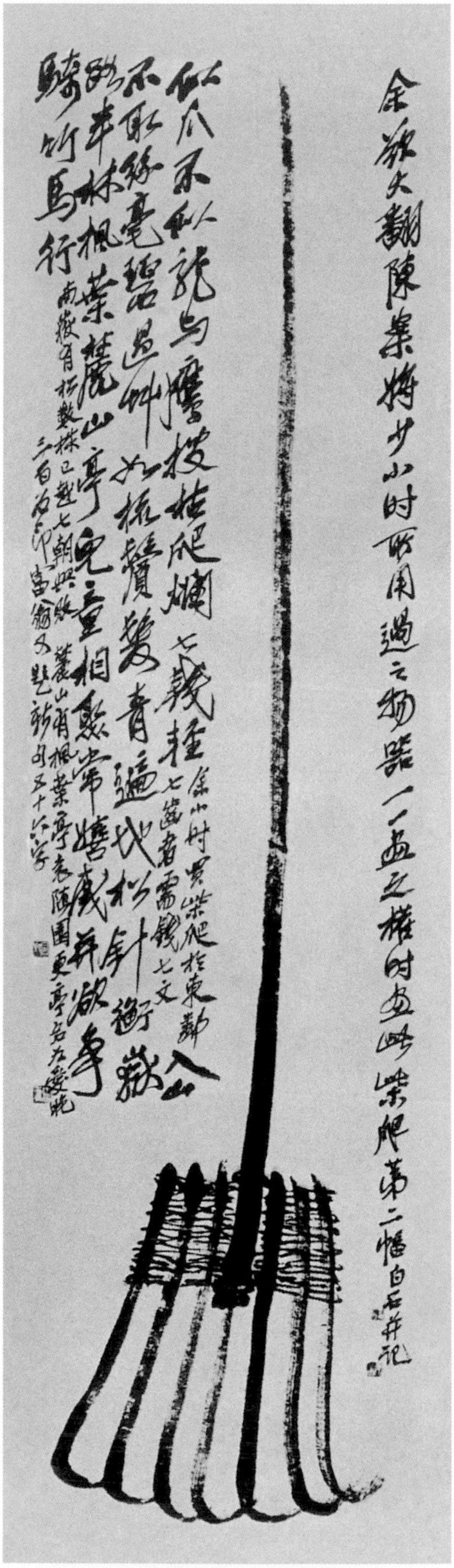

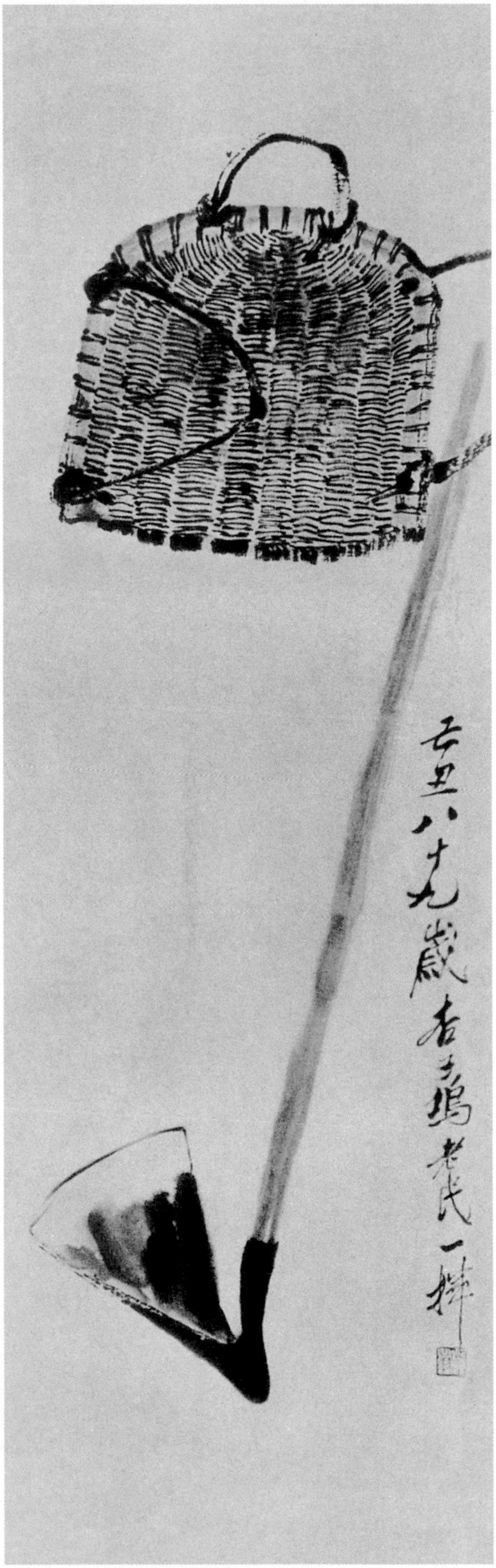

齊白石圖兩幅：右為「農具圖」，左為「柴爬圖」。狄雲所用之農具，當與此相同。

齊白石「蝴蝶花圖」：這種蝴蝶，民間有時稱之為「梁山伯、祝英台」。

北魏泥塑大佛：狄雲等在荊州城南廟中所發現的塗泥黃金大佛，與此為同一時代的製作。

北魏時所製的鎏金銅釋迦像：近代出土。

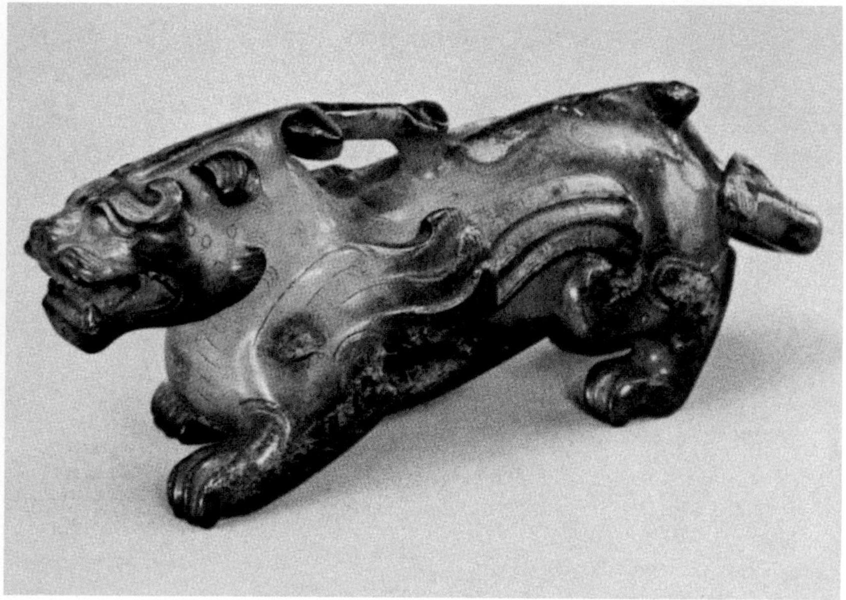

六朝時代的舊玉辟邪：希世珍物，現藏臺北故宮博物院。諸如此類的珍寶，在荊州大金佛肚中一定甚多。

大字版

連城訣

金庸

② 雪谷羽衣

大字版金庸作品集㊵

連城訣 (2)雪谷羽衣 「公元2004年金庸新修版」

A Deadly Secret, Vol. 2

作　者／金　庸

封面設計／唐壽南　內頁插畫／姜雲行

發 行 人／王　榮　文
出版・發行／遠流出版事業股份有限公司
臺北市中山北路一段11號13樓
電話／2571-0297　**傳真**／2571-0197　**郵撥**／0189456-1

□2004年9月16日　初版一刷
□2022年3月16日　二版三刷

大字版　每冊*380*元（本作品全二冊，共760元）

〔另有典藏版共36冊（不分售），平裝版共36冊，新修版共36冊，新修文庫版共72冊〕

ISBN　978-957-32-8502-1（**套：大字版**）
ISBN　978-957-32-8501-4（**第二冊：大字版**）
Printed in Taiwan

YLib 遠流博識網
http://www.ylib.com　E-mail:ylib@ylib.com

目錄

花鐵幹一招中平槍「四夷賓服」，勁力威猛已極，那想得到血刀僧竟會在這千鈞一髮之際墮崖。只聽得波的一聲輕響，槍尖刺入了劉乘風胸口。

七　落花流水

睡到半夜，狄雲忽覺肩頭給人推了兩下，當即醒轉，只聽得血刀僧輕聲道：「有人來了！」狄雲一驚，隨即大喜：「既有人能進來，咱們便能出去。」低聲道：「在那裏？」血刀僧向西一指，道：「躺著別作聲，敵人功夫很強。」狄雲側耳傾聽，卻一點聲音也聽不到。

血刀僧持刀在手，蹲低身子，突然間如箭離弦，悄沒聲的竄了出去，人影在山坡一轉，便已不見。狄雲好生佩服：「這人的武功當眞厲害。丁大哥倘若在世，和他相比，不知誰高誰下？」一想到丁典，伸手往懷中一摸，包著丁典骨灰的包裹仍好端端的在懷裏。四周寒氣極烈，但手指碰到丁典的骨灰包，內心感到一陣溫暖。

靜夜之中，忽聽得噹噹兩下兵刃相交之聲。兩聲響過，便即寂然。過得好半晌，又噹噹兩聲。狄雲料知血刀僧偷襲未成，跟敵人交上了手。聽那兵刃相交之聲，敵人武功似不在他之下，兩人勢均力敵，拚鬥結果難料。

接著噹噹噹四響，水笙也驚醒了。山谷中放眼盡是白雪，月光如銀，在白雪上反映出來，雖在深夜，亦如黎明。水笙向狄雲瞧了一眼，口唇一動，想要探問，但心中對他憎恨厭惡，又想他未必肯講，一句問話將到口邊，又縮了回去。

忽聽得噹噹聲漸響。狄雲和水笙同時抬頭，向著響聲來處望去，月光下見兩條人影盤旋來去，刀劍碰撞之聲直響向東北角高處。那是一座地勢險峻的峭壁，堆滿了積雪，眼看絕難上去，但兩人手上拆招，腳下毫不停留，刀劍光芒閃爍下，竟鬥上了峭壁。

狄雲凝目上望，瞧出與血刀僧相鬥的那人身穿道裝，手持長劍，正是「落花流水」四大高手之一，不知他如何在雪崩封山之後，又竟闖進谷來？水笙隨即也瞧見了那道人，大喜之下脫口而呼：「是劉伯伯，劉乘風伯伯到了！爹爹，爹爹！我在這兒。」

狄雲吃了一驚，心想：「血刀老祖和那老道相鬥，看來一時難分勝敗。她爹爹聞聲趕來，豈不立時便將我殺了？」忙道：「喂，別大聲嚷嚷的，叫得再雪崩起來，大家一起送命。」水笙怒道：「我就是要跟你這惡和尚一起送命。」又大聲叫喊：「爹爹，我在這裏！」狄雲喝道：「大雪崩下來，連你爹爹也一起埋了。你想害死你爹爹不是？」

水笙心想不錯，立時便住了口，轉念又想：「我爹爹何等本事？適才大雪崩，旁人都轉身逃了，劉乘風伯伯還是衝進谷來。劉伯伯既然來得，爹爹自也來得。就算叫得再有雪崩，最多是壓死了我，爹爹總是無礙。這老惡僧如此厲害，要是他將劉伯伯殺了，我要求死也不得了。」又即叫喊：「爹爹，爹爹，我在這裏。」

狄雲不知如何制止才好。抬頭向血刀老祖瞧去，只見他和那老道劉乘風鬥得正緊，血刀幻成一道暗紅色的光華，在皚皚白雪之間盤旋飛舞。劉乘風出劍並不快捷，然而守得似乎甚為嚴密。兩大高手搏擊，到底誰佔上風，狄雲自然看不出來。只聽得水笙不停口大叫「爹爹」，叫得幾聲，改口又叫：「表哥，表哥！」狄雲心煩意亂，喝道：「小丫頭，再不住口，我把你舌頭割了下來。」

水笙道：「我偏要叫！偏偏要叫！」大聲叫：「爹爹，爹爹，我在這裏！」怕狄雲眞的過來動手，站起身來，拾了一塊石頭防身。過了一會，見他躺在地下不動，猛地想起：「這惡和尚已給我和表哥踏斷了腿，若不是那老僧出手相救，早給表哥一劍殺了。他行走不得，我何必怕他？」接著又想：「我眞蠢死了！那老僧分身不得，我怎不殺了這小惡僧？」舉起石頭，走上幾步，用力便向狄雲頭上砸了下去。

狄雲無法抵抗，只得打滾逃開，砰的一聲，石頭從臉邊擦過，相去不過寸許，擊在雪地之中。水笙一擊不中，俯身又拾起一塊石頭向他擲去，這一次卻是砸他肚子。狄雲縮身打滾，但斷腿伸縮不靈，喀的一聲，砸中了小腿，只痛得他長聲慘呼。

水笙大喜，拾起一塊石頭又欲投擲。狄雲見自己已成俎上之肉，任由宰割，給她這般接連砸上七八塊石頭，那裏還有命在？當下也拾起一塊石頭，喝道：「你再投來，我先砸死了你。」一見她又是一石投出，滾身避過，奮力將手中石頭向她擲去。

水笙向左閃躍，石塊從耳邊擦過，擦破了耳輪皮肉，不由得嚇了一跳。她不敢再投擲石塊，回身拾起一根樹枝，一招「順水推舟」，向狄雲肩頭刺到。她劍法家學淵源，甚是高明，手中所執雖是一根樹枝，但挺枝刺出，去勢靈動。狄雲縱然全身完好，劍招上也不是她敵手，見樹枝刺到，斜肩閃避，水笙劍法已變，托的一聲，在他額頭重重戳了一下。

這一下她手中若是眞劍，早要了狄雲的性命，但縱是一根樹枝，狄雲也已痛得眼前金星飛舞。水笙罵道：「你這惡和尚一路上折磨姑娘，還說要割了我舌頭，你倒割割看！」提起樹枝，往他頭頂、肩背一棍棍狠打，叫道：「你叫你師祖爺爺來救你啊！我打死你這惡和尚！」口中斥罵，手上加勁。

狄雲沒法抵擋，只有伸臂護住顏面，頃刻間頭上手上給樹枝打得皮開肉綻，到處都是鮮血。他又痛又驚，突然間使勁一抓，搶過樹枝，順手掃了過去。水笙一驚，閃身向後躍開，拾起另一根樹枝，又要上前再打。

狄雲急中生智，忽然想起鄉下人打輸了架的無賴法子，叫道：「快給我站住！你再上前一步，我就脫褲子了！」嘴裏叫嚷，雙手拉住褲腰，作狀即刻便要脫褲。這法子在鄉下也往往奏效，打贏了的鄉人不願無賴糾纏，也常轉身離去。

水笙嚇了一跳，急忙轉過臉去，雙頰羞得飛紅，心想：「這和尚無惡不作，只怕眞要用這壞行逕來羞辱我。」狄雲叫道：「向前走五步，離得我越遠越好。」水笙一顆心怦怦亂跳，果然依言走前五步。狄雲大喜，大聲道：「我褲子已脫下來了，你要再打，快過來罷！」水笙大吃一驚，縱身躍出，心慌意亂下一個踉蹌，腳下一滑，摔了一交，急忙爬起便奔，那敢回頭，遠遠避到了山坡後。

狄雲其實並未脫褲，想想又好笑，又自嘆倒霉，適才挨這頓飽打，少說也吃了三四十棍，小腿受石頭砸傷，痛得更厲害，心想：「若不是耍無賴下流，這會兒多半已給打得斷了氣啦。我狄雲堂堂男兒，今日卻幹這等卑鄙勾當。唉，當眞命苦！」

凝目向峭壁上望去，見血刀僧和劉乘風已鬥上了一座更高的懸崖。崖石從山壁上凸了出來，憑虛臨空，離地少說也有七八十丈，遙見飛冰濺雪，從崖上飄落，足見兩人劇鬥之烈，只要誰腳下一滑，摔將下來，任你武功再高，也非粉身碎骨不可。狄雲抬頭上望，相隔遠了，見那二人的身子也小了許多。兩人衣袖飄舞，便如兩位神仙在雲霧中飛騰一般。

天空中兩頭兀鷹在盤旋飛舞，相較之下，下面相鬥的兩人身法可快得多了。

水笙在那邊山坡後又大聲叫喊起來：「爹爹，爹爹，快來啊！」她叫得幾聲，突然東南角上一個蒼老的聲音道：「是水姪女嗎？你爹爹受了點輕傷，轉眼便來！」水笙聽得是「落花流水」四老中位居第二的花鐵幹，心中一喜，叫道：「花伯伯！我爹爹在那裏？他傷得怎樣？」

花鐵幹飛奔到水笙身畔，說道：「雪崩時山峯上一塊石頭掉下來，砸向陸伯伯頭頂，你爹爹爲了救陸伯伯，出掌推石。那石頭實在太重，你爹爹手膀受了些輕傷，不礙事的。」水笙道：「有個惡和尚就在那邊……他脫下了……花伯伯，你快去殺了他。」花鐵幹道：「好，在那裏？」水笙向狄雲躺臥之處一指，但怕不小心看到他赤身露體的模樣，一手指出，反向前走了幾步。

花鐵幹正要去殺狄雲，聽得錚錚錚錚四聲，懸崖上傳來金鐵交鳴之聲，一抬頭，見血刀僧和劉乘風刀劍相交，兩人動也不動，便如突然給冰雪凍僵了一般。知道兩人鬥到酣處，已迫得以內力相拚，尋思：「這血刀惡僧如此兇猛，劉賢弟未必能佔上風，我不上前夾擊，更待何時？雖以我在武林中的聲望名位，實不願落個聯手攻孤之名。但中原羣豪大舉追趕血刀門二惡僧，早鬧得天下皆知，若得能親手誅了血刀僧，聲名之隆，定可掩過『以二敵一』的不利。」當即轉身，逕向峭壁背後飛奔而去。

水笙心中驚奇，叫道：「花伯伯，你幹甚麼？」一句話剛問出口，便已知道答案。

只見花鐵幹悄沒聲的向峭壁上攀去，他右手握著一根純鋼短槍，槍尖在石壁上一撐，身子便躍起丈餘，身子落下時，槍尖又撐，比之適才血刀僧和劉乘風邊鬥邊上之時可快得多了。

狄雲初時聽他腳步之聲遠去，放過了自己，心中正自一寬，接著見他縱躍起落，攀登懸崖，忍不住失聲呼叫：「啊喲！」這時唯一指望，只是血刀僧能先將劉乘風殺了，然後轉身和花鐵幹相鬥，否則以一敵二，必敗無疑。隨即又想：「這劉乘風和那姓花的都是俠義英雄，血刀老祖卻明明是窮兇極惡的壞人，我居然盼望壞人殺了好人，唉，這……這眞太也不對……」又自責，又擔憂，心中混亂之極。

便在這時，花鐵幹已躍上懸崖。

血刀僧運勁和劉乘風比拚，內力一層又一層的加強，有如海中波濤，一個浪頭打過，又一個浪頭撲上。劉乘風是太極名家，生平鑽研以柔克剛之道，血刀僧內力洶湧而來，他只將內力運成一個個圓圈，將對方源源不絕的攻勢消解了去。他要先立於不敗之地，然後再待敵之可勝。血刀僧勁力雖強，內力進擊的方位又變幻莫測，但僵持良久，始終奈何不得敵手。兩人全神貫注，於身外事物已盡數視而不見，聽而不聞。花鐵幹攀上峭壁，躍至懸崖，並非全無聲息，兩人卻均不覺。

花鐵幹見兩人頭頂白氣蒸騰，內力已發揮到了極致，他悄悄走到血刀僧身後，提起鋼槍，力貫雙臂，槍尖上寒光閃動，勢挾勁風，向他背心疾刺。

槍尖的寒光給山壁間鏡子般的冰雪一映，發出一片閃光。血刀僧斗然醒覺，只覺一股淩厲之極的勁風正向自己後心撲來，這時他手中血刀正和劉乘風的長劍相交，要向前推進一寸都艱難之極，更不用說變招迴刀，向後擋架。他心念轉動奇快：「左右是個死，寧可自己摔死，不能死在敵人手下。」雙膝一曲，斜身向外撲出，向崖下跳落。

花鐵幹這一槍決意致血刀僧於死地，一招中平槍「四夷賓服」，勁力威猛已極，那想得到血刀僧竟會在這千鈞一髮之際墮崖。只聽得波的一聲輕響，槍尖刺入了劉乘風胸口，從前胸透入，後背穿出。他固收勢不及，劉乘風也渾沒料到有此一著。

血刀僧從半空中摔下，地面飛快的迎向眼前，他大喝一聲，舉刀直斬下去，正好斬在一塊大岩石上。噹的一聲響，血刀微微一彈，卻不斷折。他借著這一砍之勢，身子向上急提，打了個空心觔斗，隨即向丈許外一株大松樹撲去，再落下時胸口撞向樹枝頂端，冰雪迸散，雖樹枝柔軟，還是給他高空墮下的猛力折斷了一大片。他墮下地來，在雪地中滾了十幾轉，刀砍胸撞十八翻，終於消解了下墮之力，哈哈大笑聲中，已穩穩的站在地下。

突然間身後一人喝道：「看刀！」血刀僧聽聲辨器，身子不轉，迴刀反砍，噹的一聲，雙刀相交，但覺胸口一震，血刀幾欲脫手飛出，這一驚非同小可：「這傢伙內力如此強勁！」一回頭，只見那人是個身形魁梧的老者，白鬚飄飄，形貌威猛，手中提著一柄厚背方頭的鬼頭刀。血刀僧心生怯意，忙閃躍退開，倉卒之際，沒想到自己和劉乘風比拚了這半天內力，勁力已消耗了大半，而從高處掉下，刀擊岩石，更是全憑臂力消去下墮之勢。他暗運一口眞氣，只覺丹田中隱隱生疼，內力竟已提不上來。

左側遠處一人叫道：「陸大哥，這淫僧害……害死了劉賢弟。咱們……咱們……」說話的正是花鐵幹。他誤殺了劉乘風，悲憤已極，飛快趕下峭壁，決意與血刀僧死拚。恰好「南四奇」中的首奇陸天抒剛於這時趕到，成了左右夾擊之勢。

血刀僧見花鐵幹挺槍奔來，自己連陸天抒一個也鬥不過，何況再加上個好手？只有以水笙爲質，叫他們心有所忌，不敢急攻，那時再圖後計。

心中念頭只這麼一轉，陸天抒鬼頭刀揮動，又劈將過來，血刀僧身形急矮，向敵人下三路猛砍兩刀。陸天抒身材魁梧，下盤堅穩，縱躍卻非其長，當即揮刀下格。血刀僧這兩刀乃是虛招，但虛中有實，陸天抒的擋格中若稍有破綻，虛轉爲實，立成致命殺著，待見他橫刀守禦，無懈可擊，當即乘勢前衝，跨出一步半，倏忽縮腳，急速後躍。

他幾個起落，飛步奔到狄雲身旁，卻不見水笙，急問：「那妞兒呢？」狄雲道：「在那邊。」說著伸手右指。血刀僧怒道：「怎麼讓她逃了，沒抓住她？」狄雲道：「我……我抓她不住。」血刀僧怒極，他本就十分蠻橫，此刻生死繫於一線，更兇性大發，右腳飛出，向狄雲腰間踢去。狄雲一聲悶哼，身子飛起，直摔出去。當地本是個高峯環繞的深谷，然谷中有谷，狄雲這一摔出，更向下面的谷中直墮。

水笙聽得聲音，回頭見狄雲正向谷底墮下，一驚之際，見血刀僧已向自己撲來。便在這時，忽聽得右側有人叫道：「笙兒，笙兒！」正是父親到了。水笙大喜，叫道：「爹爹！」這時她離父親尚遠，而血刀僧已然撲近，但遠近之差也不過三丈光景，倘若她不出聲呼叫，一見父親，立即縱身向他躍去，那就變得親近而敵遠了。可是她臨敵經歷太淺，驚喜之下，只是呼叫「爹爹」，卻忘了血刀僧正自撲近。

水岱大叫：「笙兒，快過來！」水笙當即醒覺，拔足便奔。水岱搶上接應。

血刀僧暗叫：「不好！」血刀銜入口中，一俯身，雙手各抓起一團雪，運勁揑緊，右手一團雪先向水岱擲去，跟著第二團雪擲向水笙，同時身子向前撲出。

水岱揮劍擊開雪團，腳步稍緩。第二團雪卻打在水笙後心「靈台穴」上，登時將她擊倒。血刀僧飛身搶近，將水笙抓在手中，順手點了她穴道。只聽得呼呼風響，斜刺裏一槍刺來，正是花鐵幹到了。

花鐵幹失手刺死結義兄弟劉乘風，心中傷痛悔恨，已達極點，這時也顧不得水笙性命如何，勁貫雙臂，槍出如風。血刀僧揮刀疾砍，噹的一聲響，血刀反彈上來，原來花鐵幹這根短槍連槍桿也是百鍊之鋼，非寶刀寶劍所能削斷。

血刀僧罵道：「你奶奶的！」抓起水笙，退後一步，但見陸天抒的鬼頭刀又橫砍過來。他前無去路，強敵合圍，眼光急轉，找尋出路，一瞥眼間，見狄雲在下面谷底坐起，心念一動：「下面積雪甚深，這小子摔他不死！」伸臂攔腰抱住水笙，縱身跳了下去。

水笙尖叫聲中，兩人墮入深谷。谷中積雪堆滿了數十丈厚，底下的已結成堅冰，上面的兀自鬆軟，便如是個墊子一般，二人竟毫髮無損。

血刀僧從積雪中鑽將上來，看準了地形，站上谷口的一塊巨岩，橫刀在手，哈哈大笑，說道：「有種的便跳下來決個死戰！」這塊大岩正居谷口要衝，水岱等若從上面跳下，定要掠過岩旁，血刀僧橫刀一揮，輕輕易易的便將來人砍爲兩截。身在半空之人，武功便勝得他十倍，也不能如飛鳥般迴翔自如，與之相搏。

陸天抒、花鐵幹、水岱三人好容易追上了血刀僧，卻又讓他逃脫，都恨得牙癢癢地。水岱以女兒仍遭淫僧挾持，花鐵幹誤傷義弟，更是氣憤。三人聚在一起，低聲商議。

陸天抒外號「仁義陸大刀」；花鐵幹人稱「中平無敵」，以「中平槍」享譽武林；水岱的外號叫作「冷月劍」，再加上「清風柔雲劍」劉乘風，四人以年紀排名，義結金蘭，合稱「落花流水」。所謂「落花流水」，其實是「陸花劉水」。說到武功，未必是陸天抒第一，但他一來年紀最大，二來在江湖上人緣極好，因此排名爲「南四奇」之首。

他性如烈火，於傷風敗俗、卑鄙不義之行最是惱恨，眼見血刀僧站在岩石上耀武揚威，水笙卻軟軟的斜倚在狄雲身上。他不知水笙已給點了穴道，不由自主，還道她性非貞烈，落入淫僧的手中之後居然並不反抗，一怒之下，從雪地裏拾起幾塊石子擲了下去。

他手勁本重，這時居高臨下，石塊擲下時勢道更加猛惡之極。只聽砰嘭、砰嘭之聲，四周山谷都傳出回音。谷底雪花飛濺。

血刀僧矮身落岩，將狄雲和水笙扯過，藏入岩石之後。他這時已暫時脫險，對狄雲的怒氣便即消去。他挺身站上巨岩，指著陸、花、水三人破口大罵，石塊擲到，便即閃身相避，卻那裏傷得到他？這時他才望見遠處懸崖上劉乘風僵伏不動，回想適才情景，推知是花鐵幹偷襲失手，誤傷同伴，暗自慶幸。

狄雲見岩石後的山壁凹了進去，宛然是一個大山洞，巨岩屏擋在外，洞中積雪甚薄，倒是個安身之所，見頭頂兀自不住有石塊落下，生怕打傷水笙，當即橫抱著她，將她放進洞中。水笙大驚，叫道：「別碰我，別碰我！」

血刀僧大笑，叫道：「好徒孫，師祖爺爺在外邊抵擋敵人，你倒搶先享起艷福來啦！」這是他血刀門門中的自然行徑，倒也不以為忤。

水岱和陸、花三人在上面聽得分明，氣得都欲炸破了胸膛。

水笙只道狄雲眞的意圖非禮，自然十分驚惶，待見到他衣褲雖非完整，卻好好的穿在身上，想起適才他自稱已脫了褲子，以致將自己嚇走，原來竟是騙人。她想到此處，臉上一紅，罵道：「騙人的惡和尚，快走開。」狄雲將她放入洞內，石塊已打她不到，隨即走開。這時他大腿既斷，小腿又受重傷，那裏還說得一個「走」字，只掙扎著爬開而已。

三上一下的僵持了半夜，天色漸漸明了。血刀僧調勻內息，力氣漸復，不住盤算：「如何才能脫身？」眼前這三人每一個的武功都和自己在伯仲之間，自己只要一離開這塊岩石，失卻地形之利，就避不開他三人的合擊。他無法可想，只有在岩上伸拳舞腿，怪狀百出，嘲弄敵人，聊以自娛。

陸天抒越看越怒，不住口大罵。花鐵幹突生一計，低聲道：「水賢弟，你到東邊去假裝滑雪下谷。我到西邊去佯攻，引得這惡僧走開阻擋，陸大哥便可乘機下去。」陸天抒道：「此計大妙。」水岱道：「他如不過來阻擋，咱們便眞的滑下谷去。」他和花鐵幹二人當即分從左右奔了開去。

附近百餘丈內都是峭壁，若要滑雪下谷，須得繞個大圈子，遠遠過來。血刀僧見二人分向左右，顯是要繞道進谷，如何阻擋，一時倒沒主意，尋思：「糟糕，糟糕！他們大兜圈子的過來，雖路程遠些，但花上個把時辰，總也能到。此時不走，更待何時？他們大兜圈子來攻，我便大兜圈子的逃之夭夭。」當下也不通知狄雲，悄悄溜下岩石。

陸天抒目送花水二人遠去，低頭再看，已不見了血刀僧的蹤影，見雪地中一道腳印通向西北，大叫：「花賢弟、水賢弟，惡僧逃走啦，快回來！」花水二人聽得呼聲，一齊轉身。

陸天抒急於追人，踴身躍落，登時便沒入谷底積雪。他躍下時早閉住呼吸，但覺身子不住下沉，隨即足尖碰到了實地，當即足下使勁，身子便向上冒。他頭頂剛要伸出積雪，忽覺胸口一痛，已中敵人暗算，驚怒之下，大刀立即揮出，去勢迅捷無倫，手上覺得已砍中了敵人。但敵人受傷顯是不重，在雪底又有一刀砍來。

原來血刀僧聽得陸天抒的呼叫，知他下一步定要縱身入谷，當即回身，鑽入岩石附近的積雪之中。陸天抒武功既高，閱歷又富，要想對他偷襲暗算，原少可能，但他這時從數十丈高處躍入雪中，這種事生平從未經歷，自是全神貫注，只顧到如何運氣提勁，以免受傷。他明明見到血刀僧已然逃走，豈知深雪中竟會伏有敵人，當眞是出其不意之外，再加上個出其不意。

但他畢竟是武林中一等一人物，胸口雖然受傷，跟著便也傷了敵人，唰唰唰連環三刀，在深雪中疾砍出去。他知血刀僧行如鬼魅，與他相鬥，決不可有一瞬之間的鬆懈，這三刀隨意砍出，勁力卻非同小可。血刀僧受傷後勉力招架，退後一步，不料身後落足之處積雪並未結冰，腳底踏了個空，登時向下直墮。

陸天抒連環三刀砍出，不容敵人有絲毫喘息餘裕，跟著又連環三刀，他知敵人在自己接連六刀硬斫之下，定要退後，當即搶上強攻，猛覺足底一鬆，身子也直墮下去。

他二人陷入這詭奇已極的困境之中，都眼不見物，積雪下也已說不上甚麼聽風辨器，連黑夜搏鬥的諸般功夫也用不上了。兩人足尖一觸實地，便即使開平生練得最熟的一路刀法，既護身，復攻敵。這時頭頂十餘丈積雪罩蓋，除了將敵人殺死之外，誰也不敢先行升起。只要誰先怯了，意圖逃命，立時下盤中招，非給對方砍死不可。

狄雲聽得洞外一陣大呼，跟著寂無聲息，探頭張望，已不見了血刀老祖，卻見岩石旁的白雪隱隱起伏波動，不禁大奇，看了一會，才明白雪底有人相鬥，一抬頭，見水岱和花鐵幹二人站在山邊，凝目谷底，神情焦急，那麼和血刀僧在雪底相鬥的，自是陸天抒了。水笙也探頭觀看，見父親全神貫注，相距又遠，一時不敢呼叫。

花水二人一心想要出手相助，卻不知如何是好。水岱道：「花二哥，我這就跳下去。」花鐵幹急道：「使不得，使不得！你也跳進雪底下，卻如何打法？下面甚麼也瞧不見，莫要……莫要又誤傷了陸大哥。」他一槍刺死親如骨肉的劉乘風，一直說不出的傷心難過。

水岱自不知他殺了劉乘風，但處境尷尬，卻一望而知，自己跳入雪底，除了舞劍亂削之外，又怎能分清敵友？斬死血刀僧或陸天抒的機會一般無二，而給血刀僧或陸天抒砍死的機會也毫無分別。可是己方明明有兩個高手在旁，卻任由陸大哥孤身和血刀僧在雪底拚命，陸大哥是爲救自己女兒而來，此刻身歷奇險，自己卻在崖上袖手觀戰，當眞五內如焚，頓足搓手，一籌莫展。要想跳下去再說罷，但一經躍下，便加入了戰團，但見谷中白雪蠕動，這一跳下去，說不定正好壓在陸天抒頭頂。

谷底白雪起伏一會，終於慢慢靜止。崖上水岱、花鐵幹，洞中狄雲、水笙，卻只有更加焦急，不知這場雪底惡戰到底誰生誰死。四人都屏息凝氣、目不轉瞬的注視谷底。

過了好一會，一處白雪慢慢隆起，有人探頭上來，這人頭頂上都是白雪，一時分不清是俗家還是和尚，這人漸升漸高，看得出頭上長滿了白髮。那是陸天抒！

水笙大喜，低聲歡呼。狄雲怒道：「有甚麼好叫的？」水笙道：「你師祖爺爺死啦，你小和尚也命不久長了。」這句話她便不說，狄雲也豈有不知？這些時日之中，他每天和血刀僧在一起，「近朱者赤」，不知不覺間竟也沾上了一點兒橫蠻暴躁的脾氣。何況眼見陸天抒得勝，自己勢必落在這三老手中，更有甚麼辯白的機會？他心情奇惡，喝道：「你再囉唆，我先殺了你。」水笙一凜，不敢再說。她給血刀僧點了穴道，動彈不得，狄雲雖斷了腿，但要殺害自己，卻也容易不過。

陸天抒的頭探在雪面，大聲喘氣，努力掙扎，似想要從雪中爬起。水岱和花鐵幹齊聲叫道：「陸大哥，我們來了！」兩人踴身躍落，沒入了深雪，隨即竄上，躍向谷邊的岩石。

便在此時，卻見陸天抒的頭倏地又沒入了雪中，似乎雙足給人拉住向下力扯一般。他沒入之後，再不探頭上來，血刀僧卻也影蹤不見。水岱和花鐵幹對望一眼，均甚憂急，見陸天抒適才沒入雪中，勢既急速，又似身不由主，十九是遭了敵人暗算。

突然間波的一聲響，一顆頭顱從深雪中鑽了上來，這一次卻是頭頂光禿禿的血刀僧。他哈哈一笑，頭顱便沒入雪裏。水岱罵道：「賊禿！」提劍正要躍下廝拚，忽然間雪中一顆頭顱急速飛上。那只是個頭顱，和身子是分離了的，白髮蕭蕭，正是陸天抒的首級。這頭顱向空中飛上數十丈，然後啪的一聲落下，沒入雪中，無影無蹤。

水笙眼見了這般怪異可怖的情景，嚇得幾欲暈倒，連驚呼也叫不出聲。

水岱悲憤難當，長聲叫道：「陸大哥，你爲兄弟喪命，英靈不遠，兄弟爲你報仇。」縱身正要躍出，花鐵幹忙抓住他左臂，說道：「且慢！惡僧躲在雪底，他在暗裏，咱們在明裏，胡亂跳下去，別中了他暗算。」水岱一想不錯，哽咽道：「那……那便如何？」花鐵幹道：「他在雪底能耗得幾時，終究會要上來。那時咱二人聯手相攻，好歹要將他破膛剜心，祭奠兩位兄弟。」水岱淚水從腮邊滾滾而下，心中只道：「要鎮靜，定下神來，這時候千萬不能傷心！大敵當前，不可心浮氣粗！」但兩個數十年相交的義兄一旦喪命，卻教他如何不悲從中來？

兩人望定了血刀僧適才鑽上來之處，從一塊岩石躍向另一塊岩石，並肩迫近，漸漸接近水笙和狄雲藏身的石洞之旁。

水笙斜眼向狄雲偷睨，心中盤算，等父親再近得幾丈，這才出聲呼叫，好讓他能及時過來相救，倘若叫得早了，小惡僧便會搶先殺了自己。狄雲見到她神色不定，眼珠轉動，已料到她用意，假裝閉目養神。水笙不虞有他，只望著父親。突然之間，狄雲雙手在地下一撐，身子躍起，撲在水笙背上，右臂一彎，扼住了她喉嚨。

水笙大吃一驚，待要呼叫，卻那裏叫得出聲？只覺狄雲的手臂扼得自己氣也透不過來，忽聽他在自己耳邊低聲道：「你答允不叫，我就不扼死你！」他說了這句話，手臂略鬆，讓她吸一口氣，但那粗糙瘦硬的手臂，卻始終不離開她喉頭柔嫩的肌膚。水笙恨極，心中千百遍的咒罵，可便奈何不得。

水岱和花鐵幹蹲在一塊大岩石上，見雪谷中毫無動靜，都大為奇怪，不知血刀僧在玩甚麼玄虛，怎能久躭雪底。

他們悲痛之際，沒想到血刀僧自幼生長於川邊冰天雪地，熟知冰雪之性。先前他鑽入雪底之後，立時便以血刀剜了個大洞，伸掌拍實洞口，雪洞中便存得有氣，每逢心跳加劇，呼吸難繼，便探頭到雪洞中吸幾口氣。陸天抒卻如何懂得這個竅門，一味屏住呼吸，硬拚硬打。他內力雖然充沛，終是及不上血刀僧不住換氣。便如兩人在水底相鬥，一人可以常常上水面呼吸，另一人卻沉在水底，始終不能上來，勝負之數，可想而知。陸天抒最後實在氣窒難熬，干冒奇險，探頭到雪上吸氣，下身便給血刀僧連砍三刀，死於雪底。

水岱和花鐵幹越等越心焦，轉眼間過了一炷香時分，始終不見血刀僧的蹤跡。水岱道：「這惡僧多半是身受重傷，死在雪底了。」花鐵幹道：「我想多半也是如此。陸大哥豈能爲惡僧所殺，卻不還他兩刀？何況這惡僧和劉賢弟拚鬥甚久，早已不是陸大哥的對手。」水岱道：「他定是行使詐計，暗算了陸大哥。」說到此處，悲憤無可抑制，叫道：「我到下面去瞧瞧。」花鐵幹道：「好，可要小心了，我在這裏給你掠陣。」

水岱手提長劍，吸一口氣，展開輕功，便從雪面上滑了過去，只滑出數丈，察覺腳下並不如何鬆軟，當下奔得更快。這雪谷四周山峯極高，萬年不見陽光，谷底積的雖然是雪，卻早已冰雪相混，有如稀泥，從上躍下固然立時沒入，以輕功滑行卻不致陷落，水岱輕身功夫了得，在雪面上越滑越快。只聽得花鐵幹叫道：「好輕功！水賢弟，那惡僧便在左近，小心！」

話聲未絕，喀喇一聲，水岱身前丈許之外鑽出一個人來，果然便是血刀僧，只見他雙手空空，沒了兵刃，叫聲：「啊喲！」不敢和水岱接戰，向西飄開數丈，慌慌張張的叫道：「大丈夫相鬥，講究公平。你手裏有劍，我卻赤手空拳，那如何打法？」水岱尚未答話，花鐵幹遠遠叫道：「殺你這惡僧，還講甚麼公平不公平？」他輕功不及水岱，不敢踏下雪地，從旁邊岩石繞將過去，從旁夾擊。

水岱心想惡僧這口血刀，定是和陸大哥相鬥之時在雪中失落了。深谷中積雪數十丈，這口刀那裏還找得著？他見敵人沒了兵刃，更加放心，必勝之券，已操之於手，只要別讓他逃得遠了，或是無影無蹤的又鑽入雪中，叫道：「兀那惡僧，我女兒在那裏？快說出來！」血刀僧道：「這妞兒的藏身之所，你就尋上十天半月，也未必尋得著。若是放我生路，便跟你說。」口中說話，腳下絲毫不停。

水岱心想：「姑且騙他一騙，叫他先說了出來。」便道：「此處四周都是插翅難上的高峯，便放了你，你又走向何處？」血刀僧道：「這裏的地勢古怪之極，我在左近住過幾年，卻瞭如指掌。你如殺了我，一定難以出谷，活活的餓死在這裏，不如大家化敵爲友，我還你女兒，再引你們出谷如何？」

花鐵幹怒道：「惡僧說話，有何信義？你快跪下投降，如何處置，我們自有主意，何用你來插嘴？」一面說，一面漸漸迫近。血刀僧笑道：「既是如此，老子可要失陪了！」腳下加快，斜刺向東北角上奔去。水岱罵道：「往那裏去？」挺劍疾追。

血刀僧奔跑迅速，奔出數十丈後，迎面高峯當道，更無去路。他身形一晃，疾轉回頭，從水岱身旁斜斜掠過。水岱揮劍橫削，差了尺許沒能削中，血刀僧又向西北奔去。水岱見他重回舊地，心道：「在這谷中奔來奔去，又逃得到那裏？不過老是捉迷藏般的追逐，這廝輕功不弱，倒不易殺得了他。笙兒又不知到了何處。」他心中焦急，提一口氣，腳下加快，和敵人又近了數尺。忽聽得血刀僧「啊」的一聲，向前撲倒，雙手在雪地中亂抓亂爬，顯是內力已竭，摔倒了便爬不起來。

石洞中狄雲和水笙都看得清楚，一個驚慌，一個歡喜。狄雲斜眼瞥處，見到水笙滿臉喜色，心中惱恨，不由得手臂收緊，用力在她喉頭扼落。

眼見血刀僧無法爬起，水岱那能失此良機，搶上幾步，挺劍向他臀部刺落，這時不欲一劍便將他刺死，要將他傷得逃跑不了，再拷問水笙的所在。長劍只遞出兩尺，驀地裏左腳踏下，足底虛空，全身急墮，下面竟是個深洞。

這一下奇變橫生，竟似出現了妖法邪術，花鐵幹、狄雲、水笙三人眼見水岱便要得手，卻在一瞬之間陡然消失，不知去向。跟著一聲長長的慘叫，從地底傳將上來，正是水岱的聲音，顯是在下面碰到了極可怕之事。

血刀僧一躍而起，身手矯捷異常，顯而易見，他適才出力掙扎全是作僞。只見他躍起身來，雙足一頓，沒入雪裏，跟著又鑽了上來，抓著一人，拋在雪地裏。那人鮮血淋漓，正是水岱，他雙足已齊膝而斷，不知死活。

水笙見到父親的慘狀，大聲哭叫：「爹爹，爹爹！」狄雲心中不忍，就不再伸臂扼她，放開了手臂，安慰她道：「水姑娘，你爹爹沒死，他……他還在動。」

血刀僧左手疾揮上揚，一道暗紅色的光華在頭頂盤旋成圈，血刀竟又入手。原來適才他潛伏雪地，良久不出，是在暗通一個雪井，布置了機關，將血刀橫架井中，刃口向上，然後鑽出雪來，假裝失刀，令敵人心無所忌，放膽追趕，終於跌入陷阱。水岱縱橫武林數十年，閱歷不可謂不富，水陸兩路的江湖伎倆無不通曉，只是這冰雪中的勾當卻令他防不勝防。他從雪井中急墮而下，那血刀削鐵如泥，登時將他雙腿輕輕割斷。

血刀僧高舉血刀，對著花鐵幹大叫：「有種沒有？過來鬥上三百回合。」

花鐵幹見到水岱在雪地裏痛得滾來滾去的慘狀，只嚇得心膽俱裂，那敢上前相鬥，挺著短槍護在身前，一步步的倒退，槍上紅纓不住抖動，顯得內心害怕已極。血刀僧一聲猛喝，衝上兩步。花鐵幹急退兩步，手臂發抖，竟將短槍掉在地下，急速拾起，又退了兩步。

血刀僧連鬥三位高手，三次死裏逃生，實已累得筋疲力盡，若和花鐵幹再行拚鬥，只怕一招也支持不住。花鐵幹的武功原就不亞於血刀僧，此刻上前決戰，血刀僧內力垂盡，非死在他槍下不可，只是他失手刺死劉乘風後，心神沮喪，銳氣大挫，再見到陸天抒斷頭、水岱折腿，嚇得魂飛魄散，已無絲毫鬥志。

血刀僧見他如此害怕的模樣，得意非凡，叫道：「嘿嘿，我有妙計七十二條，今日只用三條，已殺了你江南三個老傢伙，還有六十九條，一條條都要用在你身上。」

花鐵幹多歷江湖風波，血刀僧這些炎炎大言，原本騙他不倒，但這時成了驚弓之鳥，只覺敵人的一言一動，無不充滿了極兇狠極可怖之意，聽他說還有六十九條毒計，一一要用在自己身上，喃喃的道：「六十九條，六十九條！」雙手更抖得厲害了。

血刀老祖此時心力交疲，支持艱難，只盼立時躺倒，睡他一日一夜。但他心知此刻所面對的實是一場生死惡鬥，其激烈猛惡，殊不下於適才和劉乘風、陸天抒等的激戰。只要自己稍露疲態，給對方瞧破，出手一攻，立時便伸量出自己內力已盡，那時他短槍戳來，自己只有束手就戮，是以強打精神，將手中血刀盤旋玩弄，顯得行有餘力。他見花鐵幹想逃不逃，心中不住催促：「膽小鬼，快逃啊，快逃啊！」豈知花鐵幹這時連逃跑也已沒了勇氣。

水岱雙腿齊膝斬斷，躺在雪地中奄奄一息，見花鐵幹嚇成這個模樣，更加悲憤。他雖重傷，卻已瞧出血刀僧內力垂盡，已屬強弩之末，鼓足力氣叫道：「花二哥，跟他拚啊。惡僧眞氣耗竭，你殺他易如反掌，易……」

血刀僧心中一驚：「這老兒瞧出我的破綻，大大不妙。」他強打精神，踏上兩步，向花鐵幹道：「不錯，不錯，我內力已盡，咱們到那邊崖上去大戰三百回合！不去的是烏龜王八蛋！」忽聽得身後山洞中傳出水笙的哭叫：「爹爹，爹爹！」血刀僧靈機一動：「此刻倘若殺了水岱，徒然示弱。我抓了這女娃兒出來，逼迫水岱投降。這姓花的便更加沒有鬥志了。」他向著花鐵幹獰笑道：「去不去？打五百個回合也行？」

花鐵幹搖搖頭，又退了一步。

水岱叫道：「跟他打啊，跟他打啊！你不跟陸大哥、劉三哥報仇麼？」

血刀僧哈哈大笑，叫道：「打啊！我還有六十九條慘不可言的毒計，一一要使在你身上。」一邊說，一邊轉身走進山洞，抓住水笙頭髮，將她橫拖倒曳的拉了出來，拉扯之時，已不斷喘氣，說甚麼也掩飾不住。

他知花鐵幹武功厲害，唯有以各種各樣殘酷手段施於水氏父女身上，方能嚇得他不敢出手，將水笙拖到水岱面前，喝道：「你說我眞氣已盡，好，你瞧我眞氣盡是不盡？」嗤的一聲響，將水笙的右邊袖子撕下了一大截，露出雪白的肌膚。水笙一聲驚叫，但穴道被點，半點抗禦不得。

狄雲跟著從山洞中爬了出來，眼看著這慘劇，甚是不忍，叫道：「你……你別欺侮水姑娘！」血刀老祖笑道：「哈哈，乖徒孫，不用躭心，師祖爺爺不會傷了她性命。」回過身來，手起一刀，將水岱的左肩削去一片，問道：「我眞氣耗竭了沒有？」水岱肩上登時鮮血噴出。花鐵幹和水笙同時驚呼。

血刀僧左手一扯，又將水笙的衣服撕去一片，向水岱道：「你叫我三聲『好爺爺』，叫是不叫？」水岱呸的一聲，一口唾液用力向他吐去。血刀僧側身閃避，這一下站立不穩，腳下一個踉蹌，只覺頭腦眩暈，幾乎便要倒下。

水岱瞧得清楚，叫道：「花二哥，快動手！」花鐵幹也已見到血刀僧腳步不穩，卻想：「只怕他是故意示弱，引我上當。這惡僧詭計多端，不可不防。」

血刀僧又橫刀削去，在水岱右臂上砍了一條深痕，喝道：「你叫不叫我『好爺爺』？」水岱痛得幾欲暈去，大聲道：「姓水的寧死不屈！快將我殺了。」血刀僧道：「我才不讓你痛痛快快的死呢，我要將你的手臂一寸寸割下來，將你的肉一片片削下來。你叫我三聲『好爺爺』，向我討饒，我便不殺你！」水岱罵道：「做你娘的清秋大夢！」血刀僧眼見他甚為倔強，料想他雖遭碎割凌遲，也決不會屈服，便道：「好，我來炮製你的女兒，看你叫不叫我『好爺爺』？」說著反手一扯，撕下了水笙的半幅裙子。

水岱怒極，眼前一黑，便欲暈去，但想：「花二哥嚇得沒了鬥志，我可不能便死。不管這惡僧如何當著我面前侮辱笙兒，我都要忍住氣，跟他周旋到底。」

血刀僧獰笑道：「這姓花的馬上就會向我跪下求饒，我便饒了他性命，讓他到江湖上去宣揚，水姑娘給我如何剝光了衣衫。哈哈，妙極，很好！花鐵幹，你要投降？可以，可以，我可以饒你性命！血刀老祖生平從不殺害降人。」

花鐵幹聽了這幾句話，鬥志更加淡了，他一心一意只想脫困逃生，跪下求饒雖然羞恥，但總比給人在身上一刀一刀的宰割要好得多。他全沒想到，倘若奮力求戰，立時便可殺了敵人，卻只覺得眼前這血刀僧可怖可畏之極。只聽得血刀僧道：「你放心，不用害怕，待會你認輸投降，我便饒你性命，讓你全身而退。決不會割你一刀，儘管放心好了。」這幾句安慰的言語，花鐵幹聽在耳裏，說不出的舒服受用。

血刀僧見他臉露喜色，心想機不可失，當即放下水笙，持刀走到他身前，說道：「大丈夫能屈能伸，很好，你要向我投降，先抛下短槍，很好，很好，我決不傷你性命。我當你是好朋友，好兄弟！抛下短槍，抛下短槍！」聲音甚爲柔和。

他這幾句說話似有不可抗拒的力道，花鐵幹手一鬆，短槍抛在雪地之中。他兵刃一失，那是全心全意的降服了。

血刀僧露出笑容，道：「很好，很好！你是好人，你這柄短槍不差，給我瞧瞧！你退後三步，好，你很聽話，我必定饒你不殺，你放一百二十個心。再退開三步。」花鐵幹依言退開。血刀僧緩緩俯身，拿起短槍，手指碰到槍桿之時，自覺全身力氣正在一點一滴的失卻，接連提了兩次眞氣，都提不上來，暗暗心驚：「適才連鬥三個高手，損耗得當眞厲害，只怕要費上十天半月，方得恢復元氣。」雖將純鋼短槍拿到了手中，仍提心吊膽，倘若花鐵幹突然大起膽子出手攻擊，就算他只空手，自己也一碰即垮。

水岱見花鐵幹抛槍降服，已無指望，低聲道：「笙兒，快將我殺了！」水笙哭道：「爹爹，我……我動不了！」水岱向狄雲道：「小師父，你做做好事，快將我殺了。」狄雲明白他心意，反正活不了，與其再吃零碎苦頭，受這般重大侮辱，不如死得越早越好。他心中不忍，很想助他及早了斷，只是自己一出手，非激怒血刀僧不可，眼見此人這般兇惡毒辣，那可也無論如何得罪不得。

水岱又道：「笙兒，你求求這位小師父，快些將我殺了，再遲可就來不及啦。」水笙心慌意亂，道：「爹爹，你不能死，你不能死。」水岱怒道：「我此刻生不如死，難道你沒見到麼？」水笙吃了一驚，道：「是，是！爹，我跟你一起死好了！」

水岱又向狄雲求道：「小師父，你大慈大悲，快些將我殺了。要我向這惡僧求饒，我水岱怎能出口？我又怎能見我女兒受他之辱？」

狄雲眼見到水岱的英雄氣概，極爲欽佩，不由得義憤之心大盛，低聲道：「好，我便殺了你。老和尚要責怪，也不管了！」

水岱心中一喜，他雖受重傷，心智不亂，低聲道：「我大聲罵你，你一棍將我打死，那老和尚就不會怪你。」不等狄雲回答，便大聲罵道：「小淫僧，你若不回頭，仍學這老惡僧的樣，將來一定不得好死。你如天良未泯，快快脫離血刀門！小惡僧，你這王八蛋，龜兒子！你快快痛改前非，今後做個好人！」狄雲聽出他罵聲中含有勸誡之意，暗暗感激，提起一根粗大的樹枝舞了幾下，卻打不下去。

水岱心中焦急，罵得更加兇了，斜眼只見那邊廂花鐵幹雙膝一軟，跪倒雪地，向血刀僧磕下頭去。血刀僧積聚身上僅有的少些內功，凝於右手食指，對準花鐵幹背心的「靈台穴」點落，這一指實是竭盡了全力，一指點罷，再也沒了力氣。花鐵幹中指摔倒，血刀僧也雙膝慢慢彎曲。

水岱眼見花鐵幹摔倒，心中一酸，自己一死，再也沒人保護水笙，暗叫：「苦命的笙兒！」喝道：「王八蛋，你還不打我！」

狄雲也已看到花鐵幹摔倒，心想血刀僧立時便來，當下一咬牙，奮力揮棍掃去，擊在水岱天靈蓋上。水岱頭顱碎裂，一代大俠，便此慘亡。

水笙哭叫：「爹爹！」登時暈去。

血刀僧聽到水岱的毒罵之聲，只道狄雲眞是沉不住氣，出手將他打死，反正此刻花鐵幹已給自己制住，水岱是死是活，無關大局。這一來得意之極，不由得縱聲長笑。可是自己聽得這笑聲全然不對，只是「啊，啊，啊」幾下嘶啞之聲，那裏有甚麼笑意？但覺腿膝間越來越酸軟，蹣跚著走出幾步，終於坐倒在雪地之中。

花鐵幹看到這般情景，心下大悔：「水兄弟說得不錯，這惡僧果然已眞氣耗竭，早知如此，我一出手便結果了他性命，又何必嚇成這等模樣？更何必向他磕頭求饒？」自己是成名數十年的中原大俠，居然向這萬惡不赦的老淫僧屈膝哀懇，這等貪生怕死，無恥卑劣，想起來當眞無地自容。只是他「靈台」要穴被點，須得十二個時辰之後方能解開。血刀僧若不露出眞氣耗竭的弱點，自己還有活命之望，現下是說甚麼也容不得自己了。否則一等自己穴道解開，焉有不向他動手之理？

果然聽得血刀僧道：「徒兒，快將這人殺了。這人奸惡之極，留他不得。」花鐵幹叫道：「你答允饒我性命的。你說過不殺降人，如何可以不顧信義？」他明知抗辯全然無用，但大難臨頭，還是竭力求生。

血刀僧乾笑道：「我們血刀門的高僧，把『信義』二字瞧得猶似狗屎一般，你向我磕頭求饒，是你自己上了當，哈哈，哈哈！乖徒兒，快一棒把他打死了！此人留著不死，危險之極。」他對花鐵幹也眞十分忌憚，自知剛才一指點穴，內力不到平時的一成，力道不能深透經脈，這人武功了得，只怕過不了幾個時辰就會給他衝開穴道，那時候情勢倒轉，自己反成俎上之肉了。

狄雲不知血刀僧內力耗竭，只想：「適才我殺水大俠，是爲了解救他苦惱。這位花大俠好端端地，我何必殺他？」便道：「他已給師祖爺爺制服，我看便饒了他罷！」

花鐵幹忙道：「是啊，是啊！這位小師父說得不錯。我已給你們制服，絕無半分反抗之心，何必再要殺我？」

水笙從昏暈中悠悠醒轉，哭叫：「爹爹，爹爹！」聽得花鐵幹這般無恥求饒，罵道：「花伯伯，你也是武林中響噹噹的一號人物，怎地如此不要臉？眼看我爹爹慘受苦刑……我爹爹……爹……爹……」說到這裏，已泣不成聲。花鐵幹道：「這兩位師父武功高強，咱們是打不過的，還不如順從降服，跟隨著他們，服從他們的號令爲是！」水笙連聲：「呸！呸！死不要臉！」

血刀僧心想多挨一刻，便多一分危險，這當兒自己竟半點力氣也沒有了，想要支撐起來走上兩步也已不能，說道：「好孩兒，聽師祖爺爺的話，快將這傢伙殺了！」

水笙回過頭來，見父親腦袋上一片血肉模糊，死狀極慘，想起他平時對自己的慈愛，骨肉情深，幾乎又欲暈去。水岱懇求狄雲將自己打死，水笙原是親耳聽見，但這時急痛攻心，竟然忘了，只知道狄雲一棍將父親打得腦漿迸裂，胸中悲憤，難以抑制，突覺一股熱氣從丹田中衝將上來。內功練到十分高深之人，能以眞氣衝開被封穴道。但要練到這等境界，那是非同小可之事，花鐵幹尚自不能，何況水笙？可是每個人在臨到大危難、大激動的特殊變故之時，體內潛能忽生，往往能做出平時絕難做到的事來。這時水笙極度悲憤之下，體氣激盪，受封的穴道竟給衝開了。也不知從那生出來一股力氣，驀地裏躍起，拾起父親身旁的那根樹枝，夾頭夾腦向狄雲打去。

狄雲左躲右閃，雖避開了面門要害，但臉上、腦後、耳旁、肩頭，接連給她擊中了十二三下。他伸手擋架，叫道：「你幹甚麼打我？是你爹爹求我殺他的。」

水笙一凜，想起此言不錯，一呆之下便洩了氣，坐倒在地，放聲大哭。

血刀僧聽得狄雲說道：「是你爹爹求我殺他的。」心念一轉，已明白了其中原委，不禁大怒：「這小子竟去相助敵人，當眞大逆不道。」登時便想提刀將他殺了，但手臂略動，便覺連臂帶肩俱都痲痺，當下不動聲色，微笑說道：「乖徒兒，你好好看住這女娃兒，別讓她發蠻。她是你的人了，你愛怎樣整治她，師祖爺爺任你自便。」

花鐵幹瞧出了端倪，叫道：「水姪女，你過來，我有話跟你說。」他知血刀僧此刻沒半點力氣，已不足爲患，狄雲大腿折斷，四人中倒是水笙最強，要低聲叫她乘機除去二僧。那知水笙恨極了他卑鄙懦怯，心想：「若不是你棄槍投降，我爹爹也不致喪命。」聽得花鐵幹呼叫，竟不理不睬。

花鐵幹又道：「水姪女，你要脫卻困境，眼前是唯一良機。你過來，我跟你說。」血刀僧怒道：「你囉裏囉唆甚麼，再不閉嘴，我一刀將你殺了。」花鐵幹卻也不敢眞和他頂撞，只不住的向水笙使眼色。水笙怒道：「有甚麼話，儘管說好了，鬼鬼祟祟的幹甚麼？」

花鐵幹心想：「這老惡僧正在運氣恢復內力。他只要恢復得一分，能提得起刀子，定然先將我殺了。時機迫促，我說得越快越好。」便道：「水姪女，你瞧這位老和尚，他劇鬥之餘，內力耗得乾乾淨淨，坐在地下，站也站不起來了。」他明知血刀僧此刻無力加害自己，卻也不敢對他失了敬意，仍稱之爲「這位老和尚」。

水笙向血刀僧瞧去，果見他斜臥雪地，情狀狼狽，想起殺父之仇，也不理會花鐵幹之言的眞假，舉起手中樹枝，當頭向血刀僧打去。

血刀僧聽花鐵幹一再招呼水笙過去，便已知他心意，心中暗暗著急，飛快的轉著念頭：「這女娃兒若來害我，那便如何是好？」他又提了兩次氣，只覺丹田中空蕩蕩地，全身反比先前更加軟弱，一時彷徨無計，水笙手中的樹棍卻已當頭打來。

水笙擅使的兵刃乃是長劍，本來不會使棍，加之心急報父仇，這一棍打出，全無章法，腋底更露出老大破綻。血刀僧身子略側，想將手中所持花鐵幹的短槍斜伸出去，只是實在太過衰弱，單想掉轉槍頭，也已有心無力，只得勉力將槍尾對準了水笙腋下的「大包穴」。水笙悲憤之下，那防到他另生詭計，樹枝擊落，結結實實的打在他臉上，登時打得他皮開肉綻，但便在此時，腋下穴道一麻，四肢酸軟，向前摔倒。

血刀僧給她一棍打得頭暈眼花，計策卻也生效，水笙自行將「大包穴」撞到槍桿上去，點了自己穴道。他得意之下，哈哈大笑，說道：「姓花的老賊，你說我氣力衰竭，怎地我又能制住了她？」他以槍桿對準水笙穴道，讓她自行撞上，給他和水笙兩人的身子遮住，花鐵幹和狄雲都沒瞧見，均以爲確是他出手點倒水笙。

花鐵幹驚懼交集，沒口子的道：「老前輩神功非常，在下凡夫俗子是井蛙之見，當眞料想不到。老前輩內力如此深厚，莫說舉世無雙，的的確確是空前絕後了。」他滿口恭維血刀僧，但話聲發顫，心中恐懼無比。

血刀僧心中暗叫：「慚愧！」自知雖得暫免殺身之禍，但水笙穴道受撞只是尋常外力，並非自己指力所點，勁力不透穴道深處，過不多時，她穴道自解。這等幸運之事可一而不可再，她若拾起血刀來斬殺自己，就算再用槍桿撞中她穴道，自己的頭顱可也飛向半天了，務須在這短短的時刻之中恢復少許功力，要趕著在水笙穴道解開之前先殺了她。只是這內力的事情，稍有勉強，大禍立生，當下一言不發，躺著緩緩吐納。這時他便要盤膝而坐，也已不能，卻又不敢閉眼，生怕身畔三人有何動靜，不利於己。

狄雲頭上、肩上、手上、腳上，到處疼痛難當，只有咬牙忍住呻吟，心中一片混亂，沒法思索。

水笙臥躺處離血刀僧不到三尺，初時極爲惶急，不知這惡僧下一步將如何對付自己，過了好一會，見他毫不動彈，才略感放心。她見到父親慘亡的屍體便在身畔，心中傷痛已極，躺了一會兒，昏暈加上脫力，竟爾睡去。

血刀僧心中一喜：「最好你一睡便睡上幾個時辰，那便行了。」

這一節花鐵幹也瞧了出來，見狄雲不知是心軟還是胡塗，居然並無殺己之意，自己的生死，全繫於水笙是否能比血刀僧早一刻行動，見她竟爾睡去，忙叫：「水姪女，千萬睡不得，這兩個淫僧要來害你了！」但水笙疲累難當，昏睡中只嗯嗯兩聲，卻那裏叫得她醒？花鐵幹大叫：「不好了，不好了！快些醒來，惡僧來脫你的褲子了！」他想以女孩兒家最害怕的事來叫得她醒轉。

血刀僧大怒，心想：「這般大呼小叫，危險非小。」向狄雲道：「乖徒兒，你快過去一刀將這老傢伙殺了。」狄雲道：「此人已然降服，那也不用殺他了。」血刀僧道：「他那裏降服？你聽他大聲吵嚷，便是要害我師徒。」

花鐵幹道：「小師父，你的師祖兇狠毒辣，他這時眞氣散失，行動不得，這才叫你來殺我。待會他內力恢復，惱你不從師命，便來殺你了。不如先下手將他殺了。」狄雲搖頭道：「他也不是我師祖，只是他有恩於我，救過我性命。我如何能夠殺他？」花鐵幹道：「他不是你師祖？那你快快動手。血刀門的和尙兇惡殘忍，沒半點情面好講，你自己想不想活？」情急之下，言語中對血刀僧已不再有絲毫敬意。

狄雲好生躊躇，明知他這話有理，但要他去殺血刀僧，無論如何不忍下手，聽花鐵幹不住口的勸說催促，焦躁起來，喝道：「你再囉唆，我先殺了你。」

花鐵幹見情勢不對，不敢再說，只盼水笙早些醒轉，過了一會，又大聲叫嚷：「水笙，水笙，你爹爹活轉來啦，你爹爹活轉來啦！」

水笙在睡夢中迷迷糊糊，聽人喊道：「你爹爹活轉來啦！」心中一喜，登時醒轉，大叫：「爹爹，爹爹！」花鐵幹道：「水姪女，你給他點了那一處穴道？我教你衝解穴道的法門。」水笙道：「我左腋下的肋骨上一麻，便動彈不得了。」花鐵幹道：「那是『大包穴』。這容易得很，你吸一口氣，意守丹田，然後緩緩導引這口氣，去衝擊左腋下的『大包穴』，衝開之後，便可報你殺父之仇。」

水笙點了點頭，道：「好！」她雖對花鐵幹仍十分氣惱，但畢竟他是友非敵，而他的教導確是於己有利，當即依言吸氣，意守丹田。

血刀僧眼睜一線，注視她動靜，見她聽到花鐵幹的話後點了點頭，不由得暗暗叫苦，心道：「這女娃兒已能點頭，也不用甚麼意守丹田，衝擊穴道，只怕不到一炷香時刻，便能行動了。」當下眼觀鼻，鼻觀心，於水笙是否能夠行動一事，全然置之度外，將腹中一絲游氣慢慢增厚。

那導引眞氣以衝擊穴道的功夫何等深奧，連花鐵幹自己也辦不了，水笙單憑他幾句話指點，豈能行之有效？但她受封的穴道隨著血脈流轉，自然而然的早已在漸漸鬆開，卻不是她的眞氣衝擊之功，過不多時，她背脊便動了一動。花鐵幹喜道：「水姪女，行啦，你繼續用這法子衝擊穴道，立時便能站起。」水笙又點了點頭，覺手足麻木漸失，呼了一口長氣，慢慢支撐著坐起。

花鐵幹叫道：「妙極，水姪女，你一舉一動都要聽我吩咐，不可錯了順序，這中間的關鍵十分要緊，否則大仇難報。第一步，拾起地下那柄彎刀。」

水笙慢慢伸手到血刀僧身畔，拾起了血刀。

狄雲瞧著她行動，知道她下一步便是橫刀一砍，將血刀僧的腦袋割了下來，但見血刀僧的雙眼似睜似閉，對目前的危難竟似渾不在意。

血刀僧此時自覺手足上力氣暗生，只須再有小半個時辰，雖無勁力，卻已可行動自如，偏生水笙搶先取了血刀，立時便要發難，當下將全身微弱的力道都集向右臂。

卻聽得花鐵幹叫道：「第二步，先去殺了小和尚。快，快，先殺小和尚！」

這一聲呼叫，水笙、血刀僧、狄雲都大出意料之外。花鐵幹叫道：「老和尚還不會動，先殺小和尚要緊。你如先殺老和尚，小和尚便來跟你拚命了！」

水笙一想不錯，提刀走到狄雲身前，微一遲疑：「他曾助我爹爹，使得他免受老惡僧之辱，我要不要殺他？」這一遲疑只頃刻間的事，跟著便拿定了主意：「當然殺！」提起血刀，便向狄雲頸中劈落。

狄雲忙打滾避開。水笙第二刀又砍將下去，狄雲又是一滾，抓起地下一根樹枝，向她刀上格去。水笙連砍三刀，將樹枝削去兩截，又即揮刀砍下，突然間手腕上一緊，血刀竟給後面一人夾手奪了過去。

搶她兵刃的正是血刀僧。他力氣有限，不能虛發，看得極準，一出手便即奏功，奪到血刀，更不思索，順手揮刀便向她頸中砍下。水笙不及閃避，心中一涼。

狄雲叫道：「別再殺人了！」撲將上去，手中樹枝擊在血刀僧腕上。若在平時，血刀僧焉能給他擊中？但這時衰頹之餘，功力不到原來的半成，手指一鬆，血刀脫手。兩人同時俯身去搶兵刃。狄雲手掌在下，先按到了刀柄。血刀僧提起雙手，便往他頸中扼落。

狄雲一陣窒息，放開血刀，伸手撐持。血刀僧知自己力氣無多，這一下若不將狄雲扼死，自己便命喪他手。他卻不知狄雲全無害他之意，只不忍他再殺水笙，不自禁的出手相救。狄雲頭頸為血刀僧扼住，呼吸越來越艱難，胸口如欲迸裂。他雙手反過去使勁撐持，想將血刀僧推開。血刀僧見小和尚既起反叛之意，按照本門規矩，須得先除叛徒，再殺敵人。他料得花鐵幹一時三刻之間尚難行動，水笙是女流之輩，易於對付，是以將身上僅餘力道盡數運到手上，力扼狄雲喉頭。

狄雲一口氣透不過來，滿臉紫脹，雙手無力反擊，慢慢垂下，腦海中只一個念頭：「我要死了，我要死了！」

水笙初時見兩人在雪地中翻滾，眼見是因狄雲相救自己而起，但總覺這是兩個惡僧自相殘殺，最好是他二人鬥個兩敗俱傷，同歸於盡。但看了一會，見狄雲手足軟垂，已無反擊之力，不由得驚惶，心想：「老惡僧殺了小惡僧之後，就會來殺我，那便如何是好？」花鐵幹叫道：「水姪女，這是下手的良機啊，快拾起彎刀。」水笙依言拾起血刀。花鐵幹又叫道：「過去將兩個惡僧殺了。」

水笙提著血刀走上幾步，一心要將血刀僧殺死，卻見他和狄雲糾纏在一起。這血刀削鐵如泥，一刀下去，勢必將兩人同時殺死，心想狄雲剛才救了自己性命，這小和尚雖然邪惡，總是自己的救命恩人，恩將仇報，無論如何說不過去，要想俟隙只殺血刀僧一人，卻手酸腳軟，出刀全無把握。

正遲疑間，花鐵幹又催道：「快下手啊，再等片刻，就錯過機會了，爲你爹爹報仇，在此一舉。」水笙道：「兩個和尚纏在一起，分不開來。」花鐵幹怒道：「你眞胡塗，我叫你兩個人一起殺了！」他是武林中的成名英雄，江西鷹爪鐵槍門一派的掌門，平時頤指氣使，說出話來便是命令。可是他忘了自己此刻動彈不得，水笙心中對他又極爲鄙視。她一聽到這句狂妄暴躁的話，登時大爲惱怒，反退後三步，說道：「哼！你是英雄豪傑，剛才爲甚麼不跟這惡僧決一死戰？你有本事，自己來殺好了。」

花鐵幹一聽情形不對，忙陪笑道：「好姪女，是花伯伯胡塗，你別生氣。你去將兩個惡僧都殺了，給你爹爹報仇。血刀老祖這樣出名的大惡人死在你手下，這件事傳揚出去，江湖上那一個不欽佩水女俠孝義無雙、英雄了得？」他越吹捧，水笙越惱，瞪了花鐵幹一眼，又走上前去，看準了血刀僧的背脊，想割他兩刀，叫他流血不止，卻不會傷到狄雲。

血刀僧扼在狄雲頸中的雙手毫不放鬆，卻不住轉頭觀看水笙的動靜，見她持刀又上，猜到了她心意，沉著聲音道：「你在我背上輕輕割上兩刀，小心別傷到了小和尚。」水笙吃了一驚，她對血刀僧極爲畏懼忌憚，聽得他叫自己用刀割他背脊，心想他定然不懷好意，決不能聽他的話，那料到這是血刀僧實者虛之、虛者實之的攻心之策，一怔之下，這一刀便割不下去了。

狄雲給血刀老祖扼住喉頭，肺中積聚著的一股濁氣數度上衝，要從口鼻中呼了出來，但喉頭的要道被阻，這股氣衝到喉頭，又回了下去。一股濁氣在體內左衝右突，始終找不到出路。若是換作常人，那便漸漸昏迷，終於窒息身亡，但他偏偏無法昏迷，只感全身難受困苦已達極點，心中只叫：「我快死了，我快死了！」

突然之間，他只覺胸腹間劇烈刺痛，體內這股氣越脹越大，越來越熱，猶如滿鑊蒸氣沒有出口，直要裂腹而爆，驀地裏前陰後陰之間的「會陰穴」上似乎給熱氣穿破了一個小孔，登時覺得有絲絲熱氣從「會陰穴」通到脊椎末端的「長強穴」去。人身「會陰」「長強」兩穴相距不過數寸，但「會陰」屬於任脈，「長強」卻是督脈，兩脈的內息決不相通。他體內的內息加上無法宣洩的一股巨大濁氣，交迸撞激，竟在危急中自行強衝猛攻，為他打通了任脈和督脈的大難關。

這內息一通入「長強穴」，登時自腰俞、陽關、命門、懸樞諸穴，一路沿著脊椎上升，走的都是背上督脈各個要穴，然後是脊中、中樞、筋縮、至陽、靈台、神道、身柱、陶道、大椎、瘂門、風府、腦戶、強間、而至頂門的「百會穴」。狄雲在獄中得丁典傳授「神照經」心法，這內功深湛難練，他資質非佳，此後又無丁典指點，就算再加上二三十年時日，是否得能練成，亦在未知之數。不料此刻在生死繫於一線之際，竟爾將任督二脈打通了。一來因咽喉被扼，體內濁氣難宣，非找尋出口不可，二來他曾練過《血刀經》上的一些邪派內功，內息運行的道路雖和「神照經」內功大異，卻也有破窒衝塞的補助功效。

這股內息衝到百會穴中，只覺顏面上一陣清涼，一股涼氣從額頭、鼻樑、口唇下來，通到了唇下的「承漿穴」。這承漿穴已屬任脈，這一來自督返任。任脈諸穴都在人體正面，這股清涼的內息一路下行，自廉泉、天突而至璇璣、華蓋、紫宮、玉堂、膻中、中庭、鳩尾、巨闕，經上、中、下三脘，而至水分、神厥、氣海、石門、關元、中極、曲骨諸穴，又回到了「會陰穴」。如此一個周天行將下來，鬱悶之意全消。內息第一次通行時甚為艱難，任督兩脈既通，道路熟了，第二次、第三次時自然而然的飛快運轉，頃刻之間，連走了一十八次。

「神照經」內功乃武學第一奇功，他自在獄中開始修習，練之既已久，經脈早熟，此刻一旦豁然而通，內息運行一周天，勁力便增加一分，只覺四肢百骸，每一處都有精神力氣勃然而興，沛然而至，甚至頭髮根上似乎均有勁力充盈。血刀僧那裏知道他所扼之人，體內已起了如斯巨大變化，只運勁扼住他咽喉，同時提防水笙手中的血刀。

狄雲體內的勁力愈來愈強，心中卻仍十分害怕，只求掙扎脫身，雙手亂抓亂舞，始終碰不到血刀僧身上，左腳向後亂撐幾下，突然一腳踹在血刀僧小腹上。這一踹力道大得出奇，血刀僧本已內力耗竭，那裏有半點抗力？身子忽如騰雲駕霧般飛向半空。

水笙和花鐵幹齊聲驚呼，不知出了甚麼變故，但見血刀僧高高躍起，在空中打了個轉，頭下腳上的筆直摔落，嚓的一聲，直挺挺插入雪中，深入數尺，雪面上只露出一雙腳，就此不動。

他拿著羽衣走到石洞前，拋在地下，在羽衣上踹了幾腳，大聲道：「我是惡和尚，怎配穿小姐縫的衣服？」飛起一腳，將羽衣踢進洞中，轉身狂笑，大踏步而去。

八　羽衣

水笙和花鐵幹都看得呆了，不知血刀僧又在施展甚麼神奇武功。

狄雲咽喉間脫卻緊箍，急喘了幾口氣，當下只求逃生，一躍而起，身子站直，只是左腿斷了，「啊喲」一聲，俯跌下去，他右手忙在地下一撐，單憑右腿站了起來，只見血刀老祖雙腳向天，倒揷在雪中。他大惑不解，揉了揉眼睛，看淸楚血刀老祖確是倒揷在深雪之中，全不動彈。

水笙當狄雲躍起之時，唯恐他加害自己，橫刀當胸，倒退幾步，目不轉睛的凝視著他。但見他伸手搔頭，滿臉迷惘之色。

忽聽得花鐵幹讚道：「這位小師父神功蓋世，當眞並世無雙，剛才這一腳將老淫僧踢死，怕不有千餘斤勁力！這等俠義行逕，令人打從心底裏欽佩出來。」水笙聽到這裏，再也忍耐不住，喝道：「你別再胡言亂語，也不怕人聽了作嘔？」

花鐵幹道：「血刀僧大奸大惡，人人得而誅之。小師父大義滅親，大節凜然，加倍不容易，難得，難得，可喜可賀。」他見血刀僧雙足僵直，顯已死了，當即改口大捧狄雲。其實他爲人雖然陰狠，但一生行俠仗義，慷慨豪邁，武林中名聲卓著，否則怎能和陸、劉、水三俠相交數十年，義結金蘭？只今日一槍誤殺了義弟劉乘風，心神大受激盪，平生豪氣霎時間消失得無影無蹤，再受血刀僧大加折辱，數十年來壓制在心底的種種卑鄙齷齪念頭，突然間都冒了出來，一不作，二不休，幾個時辰之間，竟如變了一個人一般。

狄雲道：「你說我……說我……已將他踢死了？」

花鐵幹道：「確然無疑。小師父若是不信，不妨先用血刀砍了他雙腳，再將他提起來察看，防他死灰復燃，以策萬全。」這時他所想的每一條計策，都深含陰狠毒辣之意。

狄雲向水笙望了一眼。水笙只道他要奪自己手中血刀，嚇得退了一步。狄雲搖搖頭，道：「你不用怕，我不會害你。剛才你沒一刀將我連同老和尚砍死，多謝你啦。」水笙哼了一聲，並不答話。

花鐵幹道：「水姪女，這就是你的不是了。小師父誠心向你道謝，你該回謝他才是。剛才老惡僧一刀砍向你頭頸，若不是小師父憐香惜玉，相救於你，你還有命在麼？」

水笙和狄雲聽到他說「憐香惜玉」四字，都向他瞪了一眼。水笙雖是個美貌少女，但狄雲救她之時，只出於「不可多殺好人」的一念，花鐵幹這麼一說，卻顯得他當時其實存心不良。水笙原對狄雲頗有疑忌，花鐵幹這幾句話更增她厭憎之心，一時也分辨不出到底是憎惡花鐵幹多些，還是憎惡狄雲多些，總覺這二人都挺奸惡，自己對付不了，一瞥眼見到父親屍身，不由得悲不自勝，奔過去伏在屍上大哭。

花鐵幹笑道：「小師父，請問你法名如何稱呼？」狄雲道：「我不是和尚，別叫我師父不師父的。我身穿僧袍，是爲了避難改裝，迫不得已。」花鐵幹喜道：「那妙極了，原來小師父……不，不！該死，該死！請問大俠尊姓大名？」

水笙雖在痛哭，但兩人對答的言語也模模糊糊的聽在耳裏，聽狄雲說不是和尚，心下將信將疑。只聽狄雲道：「我姓狄，無名小卒，一個死裏逃生的廢人，又是甚麼大俠了？」花鐵幹笑道：「妙極，妙極！狄大俠如此神勇，和我那水姪女郎才女貌，正是一對兒，我這個現成媒人，是走不了的啦。妙極，妙極！原來狄大俠本就不是出家人，只須等頭髮一長，換一套衣衫，就甚麼破綻也瞧不出，壓根兒就不用管還俗這一套啦。」他認定狄雲是血刀門和尚，只因貪圖水笙的美色，故意不認。

狄雲搖了搖頭，黯然道：「你口中乾淨些，別儘說髒話。咱們若能出得此谷，我是永遠不見你面，也永遠不見水姑娘之面了。」

花鐵幹一怔，一時不明白他用意，但隨即省悟，笑道：「啊，我懂了，我懂了！」狄雲瞪了他一眼，道：「你懂了甚麼？」花鐵幹低聲道：「狄大俠寺院之中，另有知心解意的美人兒，這水姑娘是不能帶去做長久夫妻的。嘿嘿，那麼做幾天露水夫妻，又有何妨？」水笙一聽，憤怒再難抑制，奔過去啪啪啪啪的連打了他四下耳光。

狄雲茫然瞧著，無動於中，只覺這一切跟他毫不相干。

過了良久，血刀老祖仍一動不動。

水笙幾次想提刀過去砍了他雙腿，卻總不敢。瞧著父親一動不動的躺在雪上，再也不能鍾愛憐惜自己了，輕輕叫道：「爹爹！爹爹！」水岱自然再也不能答應她了。水笙淚水一滴滴的落入雪中，將雪融了，又慢慢的和雪水一起結成了冰。

花鐵幹穴道未解，有一搭沒一搭的向狄雲奉承討好，越說越肉麻。狄雲不去理他，自行躺在雪地裏閉目養息。

狄雲初通任督二脈，只覺精神大振，體內一股暖流，自前胸而至後背、又自後背而至前胸，周而復始的自行流轉。每流轉一周，便覺處處都生了些力氣出來，雖然斷腿以及給水笙毆打的各處仍極疼痛，但內力既增，這些痛楚便覺甚易忍耐。他生怕這奇妙之極的情景突然而來，又突然而去，躺著不敢動彈，由得內息在任督二脈中川行不歇。

水笙站起身來，一步步走到血刀僧身旁，見他仍不動彈，便大著膽子，揮刀往他左腳上砍去，嗤的一聲輕響，登時砍下一隻腳來，說也奇怪，居然並不流血。水笙定睛看去，見血液凝結成冰，原來這窮兇極惡的血刀老祖果然早已死去多時。

水笙又歡喜，又悲傷，提刀在血刀僧腿上一陣亂砍，心想：「爹爹死了，我也不想活啦！這小惡僧不知會如何來折磨我？他只要對我稍有歹意，我即刻橫刀自刎。」

花鐵幹一切瞧在眼裏，心下暗喜：「這小惡僧雖然兇惡，這時尚無殺我之意，待得我穴道一解，一伸手便取了他性命。那時連水笙這小妞兒也是我的了。」諸般卑鄙念頭，霎時間一齊湧上心頭。

又過了大半個時辰，狄雲覺得內息流轉始終不停，便依照丁典所授「神照經」上內功的法門運氣調息，本來捉摸不到、驅使不動的內息，這時竟然隨心所欲，便如擺頭舉手一般的依意而行。他又奇怪，又歡喜。

調息半晌，坐起身來，取過一根樹枝撐在左脇之下，走到血刀僧身邊。見他屍身插在雪裏，兩條腿給水笙砍得血肉模糊，確然無疑的已經死了，心想此人作惡多端，原是應有此報，但他對自己卻實在頗有恩德，不禁有些難過，於是將他屍身提出，端端正正的放了，捧些白雪堆在屍身上，雖然草草，卻也算是給他安葬。至於他為甚麼突然間竟會死了，狄雲仍大惑不解，此人功力通神，自己萬萬不能一腳便踢死了他。

水笙見到狄雲的舉動，起了模仿的念頭，又見幾頭兀鷹不住在空中盤旋，似要撲下來啄食父親屍身，便將父親如法安葬。她本想再安葬劉乘風和陸天抒二人，但一個死在懸崖絕頂，一個死於雪谷深處，自忖沒本事尋得，只索罷了。

花鐵幹道：「小師父，咱三人累了這麼久，大家可餓得很了。我先前見到上邊烤了馬肉，勞你的駕去取了下來，大夥兒先吃個飽，然後從長計議，怎生出谷。」狄雲心鄙他的為人，並不理睬。花鐵幹求之不已。水笙忽道：「是我馬兒的肉，不能給這無恥之徒吃。」狄雲點點頭，向花鐵幹瞪了一眼。

花鐵幹道：「小師父……」狄雲道：「我說過我又不是和尚，別再亂叫。」花鐵幹道：「是，是，是，狄大俠。你這次一腿踢死血刀惡僧，定然名揚天下。我出得谷去，第一件事便要為狄大俠宣揚今日之事。」狄雲道：「我是個聲名掃地的囚犯，有誰來信你的鬼話？你乘早閉了嘴的好。」花鐵幹道：「憑著花某人在江湖上這點小小聲名，說出話來，旁人非相信不可。狄大俠，請你上去拿了馬肉，分一塊給我。」

狄雲甚是厭煩，喝道：「幹麼要拿馬肉來給你吃？將來你儘可說得我狄雲分文不值。我是甚麼東西？還配給誰掛齒嗎？」想起這幾年來身受的種種冤枉委屈、折辱苦楚，不由得滿腔怨憤，難以抑制。

花鐵幹其實並非眞的想吃馬肉，一日半日的飢餓，於他又算得了甚麼？他只怕這小惡僧突然性起，將他殺了，乞討馬肉乃以進為退、以攻為守，狄雲既不肯去取馬肉，心中勢必略感歉仄，那麼殺人的念頭自然而然的就消了。

狄雲見天色將黑，西北風呼呼的吹進雪谷來，向水笙道：「水姑娘，你到石洞中歇歇去！」水笙大吃一驚，只道他又起不軌之心，退了兩步，手執血刀，橫在身前，喝道：「你這小惡僧，只要走近我一步，姑娘立即揮刀自盡。」狄雲一怔，說道：「姑娘不可誤會，狄某豈有歹意？」水笙罵道：「你這小和尚人面獸心，笑裏藏刀，比那老和尚還要狡猾奸惡，我才不上你的當呢。」

狄雲不願多辯，心想：「明日天一亮我就覓路出谷，甚麼水姑娘，花大俠，我永生永世也不願再見你們的面。」於是一蹺一拐的走得遠遠地，找到塊大岩石，撥去積雪，在石上睡了。

水笙心想你走得越遠，心中越陰險，多半是半夜裏前來侵犯。她不敢走進石洞，只怕小惡僧來侵時自己沒退路，心驚膽戰的斜倚岩邊，右手緊緊抓住血刀，眼皮越來越沉重，不住提醒自己：「千萬不能睡著，千萬不能睡著，這小惡僧壞得緊。」但這幾日心力交瘁，雖說千萬不能睡著，時刻一長，矇矇矓矓的終於睡著了。

她這一覺直睡到次日清晨，只覺日光刺眼，一驚而醒，跳起身來，發覺手中沒了血刀，這一下更加驚惶，一瞥眼間，卻見那血刀好端端的便掉在足邊。

水笙忙拾起血刀，抬起頭來，只見狄雲的背影正向遠處移動，手中撐著一根樹枝，一跛一拐的走向谷外。水笙大喜，心想這小惡僧似有去意，那當眞謝天謝地。

狄雲確是想覓路出谷，但在東北角和正東方連尋幾處，都沒山徑，西、北、南三邊山峯壁立，一望便知無路可通，那是試也不用試的。東南方依稀能有出路，可是積雪數十丈，不到天暖雪融，以他一個斷了腿的跛子，無論如何走不出去。他累了半日，廢然而返，斷腿疼痛難忍，呆望頭頂高峯，甚是沮喪。

花鐵幹穴道兀自未解，問道：「狄大俠，怎麼樣？」狄雲搖頭道：「沒路出去。」花鐵幹暗道：「你不能出去，我花鐵幹豈是你小惡僧之比？到得下午，我穴道一解，你瞧老子的。」但絲毫不動聲色，說道：「不用躭心，待我穴道解開，花某定能攜帶兩位脫險出困。」

水笙見狄雲沒來侵犯自己，驚恐稍減，卻絲毫沒消了戒備之心，總離得他遠遠地，一句話也不跟他說。狄雲雖不求她諒解，但見了她的神情舉動，卻也不禁惱怒，只盼能及早離開，但大雪封山，不知如何方能出去，不由得大爲發愁。

到得未牌時分，花鐵幹突然哈哈一笑，說道：「水姪女，你的馬肉花伯伯要借吃幾斤，出谷之後，一併奉還。」一躍而起，繞道攀上燒烤馬肉之處，拿起一塊熟肉，便吃了起來。原來他穴道被封的時刻已滿，竟自行解開了。

花鐵幹穴道一解，神態立轉驕橫，心想血刀僧已死，狄水二人即令聯手，也萬萬不是自己對手，只是這雪谷中多躭無益，還是儘早覓路出去的爲是，找到了出路，須得先將狄雲殺了滅口，再來對付水笙，就算不殺她，也要使得她心有所忌，從此羞於啓齒。自己昨日的種種舉動，豈能容他二人洩漏出去？

他施展輕功，在雪谷周圍查察，見這次大雪崩竟將雪谷封得密不通風，他「落花流水」四人若不是在積雪崩落之前先行搶進谷來，也必定給隔絕在外。這時唯一出谷的通道上積雪深達數十丈，長達數里。在雪底穿行數丈乃至十餘丈，那也罷了，卻如何能穿行數里之遙？何況一到雪底，方向難辨，非活活悶死不可。這時還只十一月初，等到明年初夏雪融，足足要挨上半年。谷中遍地是雪，這五六個月的日子，吃甚麼東西活命？

花鐵幹回到石洞外，臉色極爲沉重，坐了半晌，從懷裏取出馬肉便吃，慢慢咀嚼，直將這一塊馬肉吃得精光，才低聲道：「到明年端午，便可出去了。」

狄雲和水笙一個在左，一個在右，和他都相距三丈來地，他這句話說得雖輕，在兩人耳中聽來，便如是轟轟雷震一般。兩人不約而同的環視一周，四下裏盡是皚皚白雪，要找些樹皮草根來吃也難，都想：「怎挨得到明年端午？」

只聽得半空中幾聲鷹唳，三人一齊抬起頭來，望著半空中飛舞來去的七八頭兀鷹，均想：「除非像這些老鷹那樣，才能飛出谷去。」

水笙這匹白馬雖甚肥大，但三人每日都吃，不到一個月，也終於吃完了。再過得七八天，連馬頭、五臟等等也吃了個乾淨。

花鐵幹、狄雲、水笙三人這些日子中相互都不說話，目光偶爾相觸，也即避開。花鐵幹幾次起心要殺了狄雲和水笙，卻總覺殺了二人之後，賸下自己一人孤另另的在這雪谷之中，滋味太也難受，反正二人是自己掌中之物，卻也不忙動手。

過了這些日子，水笙對狄雲已疑忌大減，終於敢到石洞中就睡。

踏進十二月，雪谷中更加冷了，一到晚間，整夜朔風呼嘯，更加奇寒徹骨。狄雲「神照功」練成，繼續修習，內力每過一天便增進一分，但衣衫單薄，在這冰天雪地之中究竟也頗難挨。水笙有時從山洞中望出來，見他簌簌發抖，卻始終不踏進山洞一步以禦風寒，心下頗慰，覺得這小惡僧「惡」是惡的，倒也還算有禮。

狄雲身上的創傷全然痊愈了，斷腿也已接上，行走如常，奔跑跳躍，一無阻滯，有時想起這斷腿是血刀老祖給接續的，心下不禁黯然。

馬肉吃完了，今後的糧食可是個大難題。最後那幾天，狄雲已盡可能的吃得極少極少，只吃這麼一小片，但他所省下來的，都給花鐵幹老實不客氣的吃到了肚裏。水笙心道：「一位成名的大俠，到了危難關頭，還不如血刀門的一個小惡僧！」

這晚三更時分，水笙在睡夢中忽給一陣爭吵之聲驚醒，只聽得狄雲大聲喝道：「水大俠的身體，你不能動！」花鐵幹冷冷的道：「再過幾天，活人也吃！我先吃死人，是讓你多活幾天！」狄雲道：「咱們寧可吃樹皮草根，決不能吃人！」花鐵幹喝道：「滾開！囉唆些甚麼？惹惱了我，立刻斃了你。」

水笙忙從洞中衝出去，見狄雲和花鐵幹站在她父親墳旁。水笙大叫：「別碰我爹爹！」飛奔過去，只見堆在父親屍身上的白雪已給撥開，花鐵幹左手抓著水岱屍身胸口。狄雲喝道：「快放下！」水笙急道：「你……你……」

突見寒光一閃，花鐵幹衣袖中翻出一枝鋼槍，斜身挺槍，疾向狄雲胸口刺去。這一槍去得極快，狄雲內功雖已大進，兵刃拳腳功夫卻只平平，仍不過是以前師父所教的那一些鄉下把式，給花鐵幹這個大行家突施暗算，如何對付得了？一怔之際，槍尖已刺到他胸口。水笙大聲驚呼，不知如何是好。

花鐵幹滿擬這一槍從前胸直通後背，刺他個透明窟窿，那知槍尖碰到他胸口，竟受阻礙，刺不進去。但鋼槍刺力甚強，狄雲給這一槍推後，一交坐倒，左手翻起，猛往槍桿上擊去。喀的一聲，花鐵幹虎口震裂，短槍脫手，直飛上天。這一掌餘勢不衰，直震得花鐵幹一個觔斗，仰跌了出去。短槍落入了深谷積雪之中，不知所終。

花鐵幹大驚，心道：「小和尚武功如此神奇，直不在老和尚之下！」向後幾個翻滾，躍起身來，遠遠逃開。

花鐵幹卻不知這一槍雖因「烏蠶衣」之阻，沒刺進狄雲身子，但力道奇大，已戳得他閉住呼吸，透不過氣來，暈倒在地。若不是他「神照功」已然練成，這一槍便要了他性命。花鐵幹何等武功，較之當日荊州城中周圻劍刺，雖同是刺在「烏蠶衣」上，勁力的強弱卻相去何止倍蓰。

皓月當空，兩頭兀鷹見到雪地中的狄雲，在空中不住來回盤旋。

水笙見狄雲倒地不起，似已給花鐵幹刺死，心下一喜：「小惡僧終於死了，從此便不怕有人來侵犯我。」但隨即又想：「花鐵幹想吃我爹爹遺體，小惡僧全力阻止，以致被殺。小惡僧多半不懷好意，想騙得我……騙得我……哼，我才不上他當呢。可是他死了之後，花鐵幹這惡人再來犯我爹爹遺體，那便如何是好？甚至，還會來侵犯我……不，他是我伯伯，總不會……這麼下流罷……這人無恥得很，甚麼事都做得出。唉，最好小惡僧還是別死……」

她手握血刀，慢慢走到狄雲身旁，見他僵臥雪地之中，臉上肌肉微微扭曲，顯然未死。水笙心中一喜，彎腰俯身，伸手到他鼻孔下去探他鼻息，突覺兩股熾熱的暖氣直噴到她手指上。水笙一驚，急忙縮手，她本想狄雲就算未死，也必呼吸微弱，那知呼出來的氣息竟如此熾熱。她自不知這時狄雲內力已甚深厚，知覺雖失，氣息仍壯，只是他上乘內功練成未久，雄健有餘，沉穩不足，還未達到融和自然的境界。

水笙心想：「小惡僧暈了過去，待會醒轉，見我站在他身旁，那可不妥。」一回頭，只見花鐵幹便站在不遠之處，凝目注視著他二人。

花鐵幹一槍刺不死狄雲，又爲他反掌擊倒，驚懼異常，但隨即見他倒地不起，自是急欲知他死活，過了片刻，見他始終不動，便一步一步走將過去。這時他右臂兀自隱隱酸痲，只待狄雲躍起，立時轉身便逃。

水笙大驚，喝道：「別過來。」花鐵幹獰笑道：「爲甚麼不能過來？活人比死人好吃，咱們宰了他分而食之，有何不美？」說著又走近了一步。水笙無法可施，拚命搖晃狄雲，叫道：「他過來啦，他過來啦。」

花鐵幹見狄雲昏迷不醒，心中大喜，立即躍前，舉右掌往狄雲身上擊落。水笙揮起血刀，一招「金針渡劫」，向花鐵幹刺去。她使的乃是劍法，但血刀鋒銳異常，卻也頗具威力。花鐵幹短槍已失，赤手空拳，生怕給這削鐵如泥的血刀帶上了，倒也不敢輕敵，施展空手入白刃功夫，要將血刀先奪過來再說。

狄雲昏暈迷糊中依稀聽到水笙大叫：「他過來啦。」昏昏沉沉的不知是甚麼意思，跟著聽到一陣呼斥叱喝，睜開眼來，月光下只見水笙手舞血刀，和花鐵幹鬥得正酣。

水笙雖手有利器，但一來不會使刀，二來武功遠爲不及，左支右絀，連連倒退，到得後來，只盼手中兵刃不爲敵人奪去，那裏還顧得到傷敵？不住急叫：「喂，喂！快醒轉來，他要來殺你啦。」

狄雲一聽，心中一凜：「好險！適才是她救了我性命。若不是她出力抵擋，花鐵幹早將我打死了。雖然我胸腹有烏蠶衣保護，但他只須在我頭上一腳，還能踢不死麼？」挺身躍起，揮掌猛向花鐵幹打去。花鐵幹還掌相迎，蓬的一聲響，兩人都坐倒在地。狄雲內力深厚，花鐵幹掌法高明，雙掌相交，竟不相上下。

花鐵幹武功高，應變速，給狄雲一掌震倒，隨即躍起，第二掌又擊了過來。狄雲不及站起，只得坐著還了一掌。他雖坐著，掌力絲毫不弱，蓬的一聲，狄雲又給震得翻了兩個觔斗，花鐵幹卻騰騰騰倒退三步，胸間氣血翻湧，心下暗驚：「這小惡僧內力如此深厚！」但兩掌交過，知他掌法極爲平庸，忌憚之心盡去，斜身側進，第三掌又即擊過。

狄雲坐著揮掌還擊，不料花鐵幹的手掌飄飄忽忽，從他臉前掠過，狄雲手掌打空，跟著啪的一下，胸口吃掌，幸好有烏蠶衣護身，不致受傷，但也禁受不起，剛要站起，復又坐倒。花鐵幹一掌得手，第二掌跟著又至。他拳腳功夫也甚了得，這時把一路「岳家散手」使將出來，掌影飄飄，左一拳，右一掌，十招中倒有四五招打中了狄雲。狄雲還出手去，均給他以巧妙身法避過。兩人武功實在相差太遠，狄雲內力再強，也絕無機會施展。

到得後來，狄雲只得以雙手護住頭臉，身上任他毆擊，一站起身，立遭擊倒。花鐵幹只想儘早料理了他，一掌掌狠打。狄雲連吐了三口血，身法已大爲遲緩。

水笙初時見兩人鬥得激烈，插不進去相助，待見狄雲垂危，忙揮刀往花鐵幹背上砍去。花鐵幹側身避過，反手擒拿，奪她兵刃。狄雲右掌使勁拍出，一股凌厲的掌風登時將花鐵幹全身罩住了。花鐵幹閃避不得，只得出掌相迎，雙掌相交，相持不動。說到以內力相拚，花鐵幹卻遠不是對手了，突然間只覺眼前金星亂冒，半身酸麻，搖搖晃晃的站立不定。

水笙叫道：「快走，快走！」拉著狄雲，搶進了山洞。兩人匆匆忙忙的搬過幾塊大石，堆在洞口。水笙手執血刀，守在石旁。這山洞洞口甚窄，幾塊大石雖不能堵塞，但花鐵幹要進山洞，卻必須搬開一兩塊石頭才成。只要他動手搬石，水笙便可揮刀斬他雙手。

過了好一會，外邊並無動靜。水笙道：「小惡……小……」她一直叫慣了「小惡僧」，這時跟他聯手迎敵，再叫「小惡僧」未免不好意思，改口問道：「你傷勢怎樣？」狄雲道：「還好……」

忽聽得花鐵幹在洞外哈哈大笑，叫道：「兩個小雜種躲了起來，在洞中幹那不可告人之事了。」水笙臉上一陣發熱，心中卻也真有些害怕，她認定狄雲是個「淫僧」，行止十分不端，跟他同在山洞之中，確實危險不過，不由得向左斜行幾步，要跟他離得越遠越好。只聽花鐵幹又叫道：「兩個狗男女躲著不出來，老子卻要烤肉吃了，哈哈，哈哈！」水笙大驚，說道：「他要吃我爹爹，怎麼辦？」

狄雲這幾年來事事受人冤枉，這時聽得花鐵幹又在血口噴人，如何忍耐得住？突然推開石頭，如一頭瘋虎般撲了出去，拳掌亂擊亂拍，奮力向他狂打過去。

花鐵幹避過兩掌，左掌畫個圓弧，右掌從背後拍出，從狄雲做夢也想不到的方位拍了過來，砰的一聲，結結實實打在他背上。狄雲吐出一口鮮血，腦子中迷迷糊糊，眼前這花鐵幹似乎變成了萬震山、萬圭、江陵縣的知縣、獄卒、凌退思、寶象……這許許多多凌辱虐待他的惡人。他張開雙臂，猛地將花鐵幹牢牢抱住了。

花鐵幹一拳打在他鼻子上，登時打得他鼻血長流。但狄雲已不覺疼痛，抱住他腰間的雙手越箍越緊。花鐵幹只覺呼吸不暢，心中也有些驚惶，又見水笙手執血刀，搶近身來。花鐵幹大驚，雙拳猛力在狄雲脅下疾撞。狄雲吃痛，臂上無力。花鐵幹使勁力掙，解脫了他雙臂環抱，再也不敢和這狂人拚鬥，接連縱躍，離他有十餘丈遠，這才站定。

水笙見狄雲搖搖晃晃，站立不定，滿臉都是鮮血，想伸手相扶，卻又害怕，戰戰兢兢的走近兩步。狄雲喝道：「我是惡和尚，是小淫僧，別走過來，免得我玷污了你水大小姐的聲名，滾開，滾開！」水笙見他神態猙獰，目露兇光，嚇得倒退了兩步。

狄雲不住喘息，搖搖擺擺的向花鐵幹走去，叫道：「你們這些惡人，萬震山、萬圭，你們害不死我，打不死我。過來啊，來打啊，知縣大人，知府大人，你們就會欺壓良善，有種的過來拚啊，來打個你死我活……」

花鐵幹心道：「這個人發了瘋，是個瘋子！」向後縱躍，離他更遠了些。

狄雲仰天大叫：「你們這些惡人，天下的惡人都來打啊，我狄雲不怕你們。你們把我關在牢裏，穿我琵琶骨，斬了我手指，搶了我師妹，毒死我丁大哥，踩斷我大腿，冤枉我是採花淫僧，我都不怕，把我斬成肉醬，我也不怕！」

水笙聽得他如此嘶聲大叫，有如哭號，害怕之中不禁起了憐憫之心，聽他叫道「穿我琵琶骨，斬了我手指，搶了我師妹，踩斷我大腿」，更是心中一動：「這小惡僧原來滿懷心事，受過不少苦楚。他的大腿，卻是我縱馬踩斷他的。」又聽他叫「冤枉我是採花淫僧」，心道：「難道他不是……倘若他是的，這些日子中他全沒對我無禮。難道他改過了，又成了好人？」

狄雲叫得聲音也啞了，終於身子幾下搖晃，摔倒在雪地之中。

花鐵幹不敢走近，水笙也不敢走近。

半空中兩隻兀鷹一直不住的在盤旋。狄雲躺在地下，一動也不動。驀地裏一頭兀鷹撲將下來，向他額頭上啄去。狄雲昏昏沉沉的似暈非暈，給兀鷹一啄，立時醒轉。那鷹見他身子一動，急忙揚翅上飛。狄雲大怒，喝道：「連你這畜生也來欺侮我！」右掌奮力擊出。那鷹離他身子只有數尺，爲他凌厲的掌力所震，登時毛羽紛飛，落了下來。

狄雲一把抓起，哈哈大笑，一口咬在鷹腹，那鷹雙翅亂撲，極力掙扎。狄雲只覺鹹鹹的鷹血不住流入嘴中，便如一滴滴精力流入體內，忍不住手舞足蹈，叫道：「你想吃我？我先吃了你。」花鐵幹和水笙見到他這等生吃活鷹的瘋狀，都不禁駭然變色。

花鐵幹生怕這瘋子狂性大發，隨時會過來跟自己拚命，給他一把抱住喝血那可糟糕，還是遠而避之的爲妙。當下繞到雪谷東首，心想這瘋子捉鷹之法倒不錯，便仰臥在地，想學樣裝死捉鷹。豈知兀鷹雖然上當，下來啄食，但他揮掌擊去，卻沒能將鷹擊落。他內力和狄雲相差甚遠，掌法雖巧，但蒼鷹閃避靈動，卻更加迅捷得多。

狄雲喝了幾口鷹血，胸中腹中氣血翻湧，又暈了過去。待得醒轉時，天色已明，腹中飢餓，隨手拿起身邊的死鷹便咬，一口咬了，猛覺入口芳香，滋味甚美，凝目看時，不由得呆了。見那鷹全身羽毛拔得乾乾淨淨，竟是烤熟了的。他明明記得只喝了幾口鷹血，便即睡著，卻是誰給他烤熟了？若不是水笙，難道還會是花鐵幹這壞蛋？

他昨晚大呼大叫一陣，胸中鬱積的悶氣宣洩了不少，這時醒轉，頗覺舒暢，見水岱的雪墳已重行堆好，向山洞望去，見水笙伏在岩石上沉睡未醒。狄雲心想：「她也餓了幾天啦，烤了這隻鷹盡數留給我，自己一條鷹腿也不吃，總算難得。哼，她自以爲是大俠的千金小姐，瞧我不起。你瞧我不起，我也瞧不起你，有甚麼希罕？」過了一會，不禁又想：「她給我烤鷹，還不算如何瞧我不起，餓死了她，那也不好。」

於是他躺在地下，一動不動，閉目裝死，半個時辰之間，以掌力接連震死了四頭兀鷹，見水笙已醒，將兩頭擲給了她。水笙過來將另外兩頭也都拿了過去，洗剝乾淨，一起燒烤好了，默默無言的把兩頭熟鷹交給他。

雪谷中兀鷹不少，這些鷹一生以死屍腐肉爲食，早就慣了，偏又蠢得厲害，雖見同伴接連喪生在狄雲掌下，仍不斷的下來送死。狄雲內力日增，自行習練，掌力亦日勁，到得後來，已不用躺下裝死，只要見有飛禽在樹枝低處棲歇，或從身旁飛過，便能發掌擊落。雪谷中時有雪雁出沒，能在冰雪中啄食蟲蟻，軀體甚肥，更是狄雲和水笙日常的口中美食。

臘月將盡，狄雲卻渾不知歲月，雪谷中每過不了十天八天便有一場大雪，整日整夜寒風刮人如刀。水笙除了撿拾柴枝，燒烤鳥肉，總躲在山洞之中。狄雲始終不跟她交談一言一語，也從不踏進山洞一步。

有一晚徹夜大雪，次日清晨狄雲醒來，覺得身上暖洋洋的，一睁眼，只見一件黑黝黝的東西蓋在自己身上。他吃了一驚，隨手一抖，竟是一件古怪衣裳。這衣裳是用鳥毛一片片的穿成，黑的是鷹毛，白的是雁翎，衣長齊膝，不知用了幾千幾萬根鳥羽。

狄雲提著這件羽衣，突然間滿臉通紅，知道這是水笙所製，要將這千千萬萬根鳥羽綴而成衣，當眞煞費苦心。何況雪谷中沒剪刀針線，不知如何綴成？他伸手撥開衣上的鳥羽細看，只見每根羽毛的根部都穿了一個細孔，想必是用頭髮上的金釵刺出，孔中穿了淡黃的絲線，自然是從她那件淡黃的緞衫上抽下來的了。「嘿嘿，女娘們眞是奇怪，這可有多累，那不是麻煩之極麼？」

突然之間，想起了幾年前在荊州城萬震山家中的事來。那一晚他給萬門八弟子圍攻，打得眼青鼻腫，一件新衣也給撕爛了好幾處。他心中痛惜，師妹戚芳便拿了針線爲自己縫補。

腦海中淸淸楚楚的出現了那一日的情景：戚芳挨在他身邊，給他縫補衣衫。她頭髮擦在自己的下巴，他只覺臉上癢癢的，鼻中聞到她少女的淡淡肌膚之香，不由得心神蕩漾。狄雲叫了聲：「師妹。」戚芳道：「空心菜，別說話，別讓人冤枉你作賊。」

他想到這裏，喉頭似乎有甚麼東西塞著，淚水湧向眼中，瞧出來只模糊一團，心想：「果然人家冤枉我作賊，難道是因爲師妹給我縫補衣服之時，我說了話麼？」但這數年中他多歷風波險惡，早已不再信這等無稽之談。「嘿嘿，人家存心要害我，我便天生是個啞巴，別人還不是一樣的來欺侮？師妹那時候待我一片眞誠，可是姓萬的家財豪富，萬圭那小子又比我俊得多，那有甚麼可說的？最不該是我那日身受重傷，躲在她家柴房之中，她卻去告知她丈夫，叫他來擒了我去領功，哈哈，哈哈！」

突然之間，他氣憤填膺，不可抑止，縱聲狂笑，拿著羽衣走到石洞之前，抛在地下，在羽衣上用力踹了幾腳，大聲道：「我是惡和尙，怎配穿小姐縫的衣服？」飛起一腳，將羽衣踢進洞中，轉身狂笑，大踏步而去。

水笙費了一個多月時光，才將這件羽衣綴成，心想這「小惡僧」維護爹爹的屍體，絲毫不向自己囉唕，這些日子中，自己全仗吃他打來的鳥肉爲生。眼見他日夜在洞外捱受風寒，心下實感不忍，盼望這件羽衣能助他禦寒。那知道好心不得好報，反給他將羽衣踢進洞來，受他如此無禮侮辱。她又羞又怒，伸手將羽衣一陣亂扯，情不自禁，眼淚一滴滴的落在鳥羽上。

她卻萬萬料想不到，狄雲轉身狂笑之時，胸前衣襟上也濺滿了滴滴淚水，只是他流淚卻是爲了傷心自己命苦，爲了師妹的無情無義……

中午時分，狄雲打了四隻鳥雀，仍去放在山洞前。水笙烤熟了，仍分了一半給他。兩人一句話也不說，甚至連眼光也不敢相對。

狄雲和水笙坐得遠遠地，各自吃著熟鳥，忽然間東北角上傳來一陣踏雪之聲。兩人一齊抬起頭來，向聲音來處望去，只見花鐵幹右手拿著一柄鬼頭刀，左手握著一柄長劍，笑嘻嘻的走來。狄雲和水笙同時躍起。水笙返身入洞，搶過了血刀，微一猶豫，便拋給了狄雲，叫道：「接住！」

狄雲伸手接刀，心中一怔：「她怎地如此信得過我，將這性命般的寶刀給了我？嗯，她是要我為她賣命，助她抵禦花鐵幹，哼，哼！姓狄的又不是你的奴才！」

便在這時，花鐵幹已快步走到了近處，哈哈大笑，說道：「恭喜，恭喜！」狄雲瞪目道：「恭甚麼喜？」花鐵幹道：「恭喜你和水姑娘成就了好事哪。人家連防身寶刀也給了你，別的還不一古腦兒的都給了你麼？哈哈，哈哈！」狄雲怒道：「枉你號稱中原大俠，卻如此卑鄙骯髒！」

花鐵幹笑嘻嘻的道：「說到卑鄙無恥，你血刀門中的人物未必就輸於區區在下。」說著慢慢迫近，用力嗅了幾下，說道：「嗯，好香，好香！送一隻鳥我吃，成不成？」他若善言相求，狄雲自必答允，但這時見他一副憊懶輕薄的模樣，心下著惱，說道：「你武功比我高得多，自己不會打麼？」花鐵幹笑道：「我就是懶得打。」

他二人說話之際，水笙已走到了狄雲背後，突然大聲叫道：「劉伯伯，陸伯伯！」她見花鐵幹雙手拿著劉乘風的長劍和陸天抒的鬼頭刀，北風飄動，吹開他外袍，露出袍內還穿著劉乘風的道袍和陸天抒的紫銅色長袍。

花鐵幹沉著臉道：「怎麼樣？」水笙道：「你……你……你吃了他們麼？」她料想花鐵幹既尋到了二人屍體，多半是將他二人吃了。花鐵幹怒道：「關你甚麼事？」水笙大驚，顫聲道：「陸伯伯，劉伯伯，他……他二人是你的結義兄弟……」

花鐵幹若有能耐打鳥，自然決不會以義兄弟的屍體爲食，但他千方百計的捕捉鳥雀，初時還捉到一兩頭，過得幾天，鳥雀再不上當。他又沒狄雲的神照功內力，能以掌力擊鳥。這些日子中便只得以陸、劉二人的屍體爲食，苦挨光陰。這天吃完了屍體，手持刀劍，決意來殺狄水二人，再加上埋藏在冰雪中的水岱和血刀老祖的屍體，作爲食料，當可捱到初夏，靜待雪融出谷。

這時他聽水笙如此說，不自禁的滿臉通紅，又聞到烤熟了的鳥肉香氣，饞涎欲滴，突然間舉起鬼頭刀，大呼躍進，向狄雲砍過來，左劈一刀，右劈一刀。狄雲舉起血刀一格，噹的一聲猛響，鬼頭刀向上反彈。這鬼頭刀也是一柄寶刀，雖不及血刀的鋒利絕倫，但刀身厚重，血刀也削它不斷。當日陸天抒和血刀僧雙刀相交，鬼頭刀曾爲血刀斬出了三個缺口，今日再度相逢，鬼頭刀上也不過是新添一個缺口而已。

花鐵幹使刀雖不擅長，但武功高強，鬼頭刀使將開來，自非狄雲所能抵擋，數招之下，登時將他迫得連連後退。花鐵幹也不追擊，一俯身，拾起狄雲吃剩的半隻熟鳥，大嚼起來，連讚：「很好，很好，滋味要得，硬是要得！」

狄雲回頭向水笙望了一眼，兩人都覺寒心。花鐵幹這次手持利器前來挑戰，情勢便和上次不同。空手相搏之時，狄雲受他拳打足踢，不過受傷吐血，不易給他一拳打死，這時他手中有了刀劍，只須有一招失手，立時便送了性命。上次相鬥所以能勉強支持，全仗水笙手中多了一把血刀，此刻花鐵幹的兵刃還多了一件，那是佔盡上風了。

花鐵幹吃了半隻熟鳥，意猶未盡，見山洞邊尚有一隻，又去拿來吃了。他抹抹嘴，說道：「很好，烹調功夫是一等一的。」懶洋洋的回轉身來，陡然間躍身而前，呼的一刀，便向狄雲劈去。這一刀去勢奇急，狄雲猝不及防，險些兒便給削了半邊腦袋，急忙舉刀招架。總算花鐵幹忌憚他內功渾厚，倘若雙刀相交，不免手臂痠麻，當下轉刀斜劈。三招之間，狄雲已手忙腳亂，嗤的一聲響，左臂上給鬼頭刀劃了一道長長口子。

水笙叫道：「別打了，別打了。花伯伯，我分鳥肉給你便是。」

花鐵幹見狄雲的刀法平庸之極，在武林中連第三流的腳色也及不上，心想及早殺了這小子再說，免得留下後患，當下手上加緊，口中卻調侃道：「水姪女，你心疼這小子，是不是啊？怎麼不記得你的汪家表哥了？」唰唰唰三刀，又在狄雲的右肩上砍了一刀。幸好這一刀所砍的部位有「烏蠶衣」保護，否則狄雲的右肩已給卸了下來。

水笙大叫：「花伯伯，別打了！」狄雲怒道：「你叫甚麼？我打不過，給他殺了便是。」他狂怒之下，舉刀亂砍，忽然間右手將血刀交給左手，反手猛力打出。

花鐵幹那料到這武藝低微的「小和尚」居然會奇兵突出，驀地來這一下巧招，急忙轉頭相避，啪的一聲，還是給這一掌重重擊在頸中，只震得他半身酸麻。狄雲一怔，心道：「這是那老乞丐伯伯教我的『耳光式』！」他一招得手，跟著便使出「刺肩式」和「去劍式」來。花鐵幹叫道：「連城劍法，連城劍法！」

狄雲又是一怔，那日他在荊州萬府和萬圭等八人比劍，使出這三招之時，萬震山也說是「連城劍法」，當時他還道萬震山胡說，但花鐵幹是中原大豪，見多識廣，居然也說這是連城劍法，難道老乞丐所教的這三招，當眞是連城劍法麼？

他以刀作劍，將這三招連使數次，可是花鐵幹的武功豈是魯坤、萬圭等一干人所可比？除了第一招出其不意的打了他一掌之外，此後這三招用在他身上，已全無效用。到得狄雲第四次又使「去劍式」，將血刀往鬼頭刀上挑去，花鐵幹早已有備，左足飛起，踢中他腕脈。狄雲血刀脫手，花鐵幹一招「順水推舟」，雙手刀劍齊向他胸口刺來。

噗噗兩聲，一刀一劍都刺中在狄雲胸口，刀頭劍頭爲「烏蠶衣」所阻，透不進去。水笙拿了一塊石頭，守候在旁，眼見狄雲遇險，舉起石頭便向花鐵幹後腦砸去。花鐵幹上次短槍刺不進狄雲身子，已覺奇怪，料來是他懷中放著鐵盒或銅牌之類，槍頭湊巧刺中堅物，但這次刀劍齊刺，決計不會又這麼湊巧。他一呆之際，狄雲猛力揮掌擊出，水笙又自後攻到。

花鐵幹叫道：「有鬼，有鬼！」心下發毛：「莫非是陸大哥、劉兄弟怪我吃了他們的遺體，鬼魂出現，來跟我爲難？」登時遍體冷汗，向後躍開了幾步。

狄雲和水笙有了這餘裕，忙逃入山洞，搬過幾塊大石，堵塞入口。兩人先前已將洞口堵得甚小，這時再加上幾塊石頭，便即將洞口盡行封住。

兩人死裏逃生，心中都怦怦亂跳。只聽得花鐵幹叫道：「出來啊，龜兒子，躲在洞中能躲一輩子麼？你們在石洞裏捉鳥吃麼？哈哈，哈哈！」他雖放聲大笑，心下可著實害怕，卻也不敢便去掘水岱的屍體來吃。

狄雲和水笙對望一眼，均想：「這人的話倒也不錯。我們在洞裏吃甚麼？但一出去便給他殺了，那可如何是好？」

花鐵幹若要強攻，搬開石頭進洞，狄水二人血刀已失，也難以守禦，只是他刀劍刺不進狄雲身體，認定是有鬼魂作怪，全身寒毛直豎，不住顫抖。

狄雲和水笙在洞口守了一陣，見花鐵幹不再來攻，心下稍定。狄雲檢視左臂傷口，見兀自流血。水笙撕下一塊衣襟，給他包好。狄雲將早已破爛不堪的僧袍大襟拉了過來，遮住胸口，以免給水笙見到自己胸口赤裸的肌膚，這麼一拉，懷中跌了一本小册出來，便是得自寶象身上的那本《血刀經》。

他適才和花鐵幹這場惡鬥，時刻雖短，使力不多，心情卻緊張之極，這時歇了下來，只覺疲累難當，想起那日在破廟中初見血刀經時，曾照著經上那裸體男子的姿式依樣而爲，精神立即振奮，心想花鐵幹決不罷休，少時惡鬥又起，就算給他殺了，也當狠狠打他幾掌，如此神疲力乏，怎能抗敵？隨手翻開一頁，見圖中人形頭下腳上，以天靈蓋頂在地下，兩隻手的姿式更十分怪異。狄雲當即依式而爲，也頭下腳上，倒立起來。

水笙見他突然裝這怪樣，只道他又發瘋，心想外有強敵，內有狂人，那便如何是好？心中一急，不禁哭了出來。

狄雲練不到半個時辰，頓時全身發暖，猶如烤火一般，說不出的舒適受用。他隨手翻過一頁，見圖中那裸體男子以左手支地，身子與地面平行，兩隻腳卻翻過來勾在自己頸中。這姿式本來極難，但他自練成「神照功」後，四肢百骸運用自如，當即依著圖中所示照做，內息也依著圖中紅色綠色線路，在身上各處經脈穴道中通行。

這《血刀經》乃血刀門中內功外功的總訣，每一頁圖譜都須練上一年半載，方始有成。但狄雲任督二脈既通，有了「神照功」這無上渾厚的內力爲基礎，再艱難的武功到了手中，竟也一練即成。他練了一式又一式，越練越覺興味盎然。

水笙見他翻書練功，驚魂稍定。見他姿式希奇古怪，當眞匪夷所思，不由得又好笑，又詫異，心道：「天下難道眞有這門武功？」走上兩步，向地下翻開著的血刀經瞧去，一瞥之下，見圖中所繪是個全身赤裸的男子，不由得滿臉通紅，一顆心怦怦亂跳：

「他練到後來，會不會脫去衣服，全身赤裸？」幸好這可怕的情景始終沒出現。

狄雲練了一會內功，翻到一頁，見圖中人形手執一柄彎刀，斜勢砍劈。狄雲大喜，脫口而出：「血刀刀法。」拾起一根樹枝，照著圖中所示使了起來。

這血刀刀法當眞怪異之極，每一招都是在決不可能的方位砍將出去。狄雲只練得三招，便已領會，原來每一招刀法都是從前面的古怪姿式中化將出來。前面圖譜中有倒立、橫身、伸腿上頸、反手抓耳等種種詭異姿式，血刀刀法中便也有這些令人絕難想像的招數。狄雲當下挑了四招刀法用心練熟，心想：「我須得不眠不息，趕快練上二三十招，過得四五天，再出去跟這姓花的決一死戰。唉，只可惜沒早些練這刀法。」

那知花鐵幹竟不讓他有半天餘裕。狄雲專心學練刀法，花鐵幹在洞外叫了起來：「小和尚，你岳父大人的心肝吃不吃？滋味很好啊。」

水笙大吃一驚，推開石頭，搶了出去。只見花鐵幹拿著鬼頭刀，正在水岱的墳頭挖掘，雖尚未掘到屍身，卻也是指顧間的事。水笙大叫：「花伯伯，花伯伯，你……你……全不念結義兄弟之情麼？」口中驚呼，搶將過去。

花鐵幹正要引她出來，將她先行擊倒，然後再料理狄雲，否則兩人聯手而鬥，不免礙手礙腳。他見水笙奔來，只作不見，仍低頭挖掘。水笙搶到他身後，右掌往他背心奮力擊去。花鐵幹左手疾翻，快如閃電，已拿住了她手腕。水笙叫聲：「啊喲！」左手擊出。花鐵幹側身避過，反手點出。水笙腰間中指，一聲低呼，委倒在地。

這時狄雲手執樹枝，也已搶到。花鐵幹哈哈大笑，叫道：「小和尚活得不耐煩了，用一根樹枝兒來鬥老子。好，你是血刀門的惡僧，我便用你本門的兵刃送你歸天。」反手從腰間抽出血刀，將鬼頭刀抛在地下，霎時之間向狄雲連砍三刀。這血刀其薄如紙，砍出去時的風聲嗤嗤聲響，花鐵幹心下暗讚：「好一口寶刀！」

狄雲見血刀如此迅速的砍來，心中一寒，不由得手足無措，一咬牙，心道：「這就拚個同歸於盡罷！」右手揮動樹枝，從背後反擊過去，啪的一聲，結結實實的打在花鐵幹後頸。這一招古怪無比，倘若他手中拿的是利刀而不是樹枝，已將花鐵幹的腦袋砍下來了。

其實花鐵幹的武功和血刀老祖相差無幾，就算練熟了血刀功夫的血刀老祖，也決不能只一招便殺了他，更不用說狄雲了。只花鐵幹甚爲輕敵，全沒將這個武功低微的對手瞧在眼內，是以一上手便著了道兒。他一怔之間，提刀砍削，狄雲手中樹枝如狂風暴雨般劈將出去，亂砍亂削之中，偶爾夾一招血刀刀法，噗的一聲，又一下打中在他後腦。花鐵幹身子一晃，叫道：「有鬼，有鬼！」回身一望，只嚇得手酸足軟，手一鬆，血刀落地，轉身拔足飛奔，遠遠逃開。

他自從吃了義兄義弟的屍身後，心下有愧，時時怕陸天抒和劉乘風的鬼魂來找他算帳。先前刀劍刺不進狄雲身體，已認定是有鬼魂在暗助敵人，這時狄雲以一根樹枝和他相鬥，明明站在自己對面，水笙又遭點中穴道而躺臥在地，可是自己後頸和後腦卻接連為硬物打中。谷中除自己和狄水二人之外，更有何人？如此神出鬼沒的在背後暗算自己，不是鬼魅，更是甚麼？他轉頭看去，不論看到甚麼，都不會如此吃驚，但偏偏甚麼也看不到，不由得魂飛魄散，那裏還敢有片刻停留？

狄雲雖打中了花鐵幹兩下，但他顯然並沒受傷，忽然沒命價奔逃，倒也大出意料之外。俯身拾起血刀，見水笙躺在地下動彈不得，問道：「你給這廝點中了穴道？」水笙道：「是。」狄雲道：「我不會解穴，救你不得。」水笙道：「你只須在我腰間和腿上……」本想告知他穴道的部位，請他推宮過血，便可解開被封穴道，但說到「腿上」兩字，想起這「小惡僧」最近雖然並沒對自己無禮，以前可無惡不作，倘若乘著自己行動不得……

狄雲見她眼中突然露出懼色，心想：「花鐵幹已逃走了，你還怕甚麼？」一轉念間，隨即明白她是害怕自己，不由得怒氣急衝胸臆，大聲道：「你怕我侵犯你，怕我對你……對你……哼，哼！從今而後，我再也不要見你。」氣得伸足亂踢，只踢得白雪飛濺。他回到山洞中，取了血刀經，逕自走開，再也不向水笙瞧上一眼。

水笙心下羞愧，尋思：「難道是我瞎疑心，當眞錯怪了他？」她躺在地下，一動也不動。過得一個多時辰，一頭兀鷹從天空直衝下來，撲向她臉。水笙大聲驚叫，突然紅光一閃，血刀從斜刺裏飛了過來，將兀鷹砍爲兩邊，落在她身旁。

原來狄雲雖惱她懷疑自己，仍擔心花鐵幹去而復回，前來加害於她，因此守在不遠之處，續練血刀刀法。他擲出飛刀，居然將兀鷹斬爲兩邊，血刀斬死了兀鷹後，略無阻礙，又飛了十餘丈，這才落下。這麼一來，他這招「流星經天」的刀法又已練成了。

水笙叫道：「狄大哥，狄大哥，是我錯了，一百個對你不起。」狄雲只作沒聽見，不去理她。水笙又求道：「狄大哥，你原諒我死了爹爹，孤苦伶仃的，想事不周，別再惱我了，好不好？」狄雲仍然不理，但心中怒氣，卻也漸漸消了。

水笙躺在地下，直到第二日穴道方解。她知狄雲雖一言不發，但目不交睫的在自己身邊守了整整一晚，心中好生感激。她身子一能動彈，即刻去將那頭兀鷹烤熟了，分了半邊，送到狄雲身前。狄雲等她走近時，閉上了眼睛，以遵守自己說過的那句話：「從今而後，我再也不要見你。」水笙放下熟鷹，便即走開。

狄雲等她走遠再行睜眼，忽聽得她「啊」的一聲驚呼，跟著又是一聲「哎喲」，摔倒在地。狄雲急躍而起，搶到她身邊。水笙嫣然一笑站起，說道：「我騙騙你的。你說從此不要見我，這卻不是見了我麼？那句話可算不得數了。」

狄雲狠狠瞪了她一眼，心道：「天下女子都是鬼心眼兒。除了丁大哥的那位凌姑娘，誰都會騙人。從今以後，我再也不上你當了。」

水笙卻格格嬌笑，說道：「狄大哥，你趕著來救我，謝謝你啦！」

狄雲橫了她一眼，背轉身子，大踏步走開了。

花鐵幹害怕鬼魂作怪，再也不敢前來滋擾，只好嚼些樹皮草根，苦渡時光，有時以暗器手法擲石，也打到一兩隻雪雁。狄雲每日練一兩招血刀刀法，內力外功，與日俱增。

冬去春來，天氣漸暖，山谷中的積雪不再加厚，後來雪水淙淙，竟開始消融了。

這些日子之中，狄雲已將一本血刀經的內功和拳腳刀法盡數練全。他這時身集正邪兩派最上乘武功之所長，雖經驗閱歷極爲欠缺，而正邪兩門功夫的精華亦未融會貫通，但單以武功而論，比之當年丁典，亦已有勝過。只是所習「神照經」僅爲深湛內功，外功卻以無人指點，除血刀門刀法之外，拳腳功夫仍極粗淺，但手足靈便，拳理已明，亦已不下於二流好手。

水笙跟他說話，狄雲怕又上她當，始終扮作啞巴，一句不答，除了進食時偶在一起之外，狄雲總是和她離得遠遠地，自行練功。他心中所想的，只是三個念頭：出了雪谷之後，第一是到湘西故居去尋師父；第二是到荊州去給丁大哥和凌姑娘合葬；第三，報仇！

眼見雪水匯集成溪，不斷流向谷外，山谷通道上的積雪一天比一天低，他不知離端午節還有幾天，卻知出谷的日子不遠了。

一天午後，他從水笙手中接過了兩隻熟鳥，正要轉身，水笙忽道：「狄大哥，再過得幾天，咱們便能出去了罷？」狄雲「嗯」了一聲。水笙低聲道：「多謝你這些日子中對我的照顧，若不是你，我早死在花鐵幹那惡人手中了。」狄雲搖頭道：「沒甚麼。」轉身走開。

忽聽得身後一陣嗚咽之聲，回過頭來，只見水笙伏在一塊石上，背心抽動，正自哭泣。他心中奇怪：「可以出去了，該當高興才是，有甚麼好哭的？女人的心古怪得緊，我永遠不會明白。」其實，水笙到底爲甚麼哭泣，她自己也不明白，只覺得很對不起人，又很傷心，忍不住要哭。

那天夜裏，狄雲練了一會功夫，躺在每日安睡的那塊大石上睡著了。這塊大石離山洞不遠，以防花鐵幹半夜裏前來盜屍或侵襲水笙。但這些時日中花鐵幹始終沒再來，料想已然無事，是以他心無牽掛，睡得甚沉。

睡夢之中，忽聽得遠處隱隱有腳步之聲，他這時內功深湛，耳目奇靈，腳步聲雖遠，已令他一驚而醒，當即翻身坐起，側耳傾聽，發覺來人衆多，至少有五六十人，正快步向谷中而來。

狄雲吃了一驚：「怎地有人能進雪谷來？」他不知谷中山峯蔽日，寒冷得多，外面積雪已融，谷中融雪卻要遲到一個月以上。狄雲一轉念間，心道：「這些人定是一路追趕而來的中原羣豪。現下血刀老祖已死，甚麼怨仇都已一了百了。嗯，水姑娘的表哥一定也來了，接了她去，那便再好不過。他們認定我是血刀門的淫僧，辯也辯不清楚的，我還是不見他們的好。讓他們接了水姑娘去，我再慢慢出去不遲。」

他繞到山洞之側，躲在一塊岩石後面。聽得腳步聲越來越近，突然間眼前光亮，只見一羣人轉過了山坳，手中高舉火把。這夥人約莫五十餘人，每人都是一手舉火炬，一手提兵刃。當先一人白鬚飄動，手中不拿火把，一手刀，一手劍，卻是花鐵幹。

狄雲見他與來人聚在一起，微覺詫異，但隨即省悟：「這些人便是一路從湖北、四川追來的，花鐵幹是他們的首領之一，當然一遇上便會合了。卻不知他在說些甚麼？」只見一行人走進了山洞，當下向前爬行數丈，伏在冰雪未融的草叢之中。這時他和眾人相距仍遠，但他內功在這數月中突飛猛進，已能淸楚聽到山洞中諸人說話。

只聽得一個粗澀的聲音道：「原來是花兄手刃了惡僧，實乃可敬可賀。花兄立此大功，今後自然是中原羣俠的首領，大夥兒馬首是瞻，惟命是從。」另一人道：「只可惜陸大俠、劉道長、水大俠三位慘遭橫死，令人神傷。」又一人道：「老惡僧雖死，小惡僧尚未伏誅。咱們須當立即搜尋，斬草除根，以免更生後患。花大俠，你說如何？」

花鐵幹道：「不錯，張兄之言大有見地。這小惡僧一身邪派武功，爲惡實不在乃師之下，或許猶有過之。這時候不知躱到那裏去了。他眼見大夥兒進谷，一定急謀脫身。衆位兄弟，咱們別怕辛苦，須得殺了那小惡僧，才算大功告成，免得他胡說八道，散布謠言，敗壞陸、劉、水三位大俠與水女俠的名聲。」

狄雲心中暗驚：「這姓花的胡說八道，歹毒之極，幸虧我沒魯莽現身，否則他們一齊來殺我，我怎能抵擋？」

忽聽得一個女子的聲音道：「他……他不是小惡僧，是一位挺好的正人君子。花鐵幹才是個大壞蛋！」說話的正是水笙。

狄雲聽了這幾句話，心中一陣安慰，第一次聽到她親口說了出來：「他不是小惡僧，是一位挺好的正人君子！」這些日子中水笙顯然對他不再起憎惡之心，但居然能對著衆人說他是個正人君子，那確也大出他意料之外。突然之間，他眼中忽然湧出了淚水，心中輕輕的道：「她說我是正人君子，她說我是挺好的正人君子！」

水笙說了這兩句話，洞中諸人你瞧瞧我，我瞧瞧你，誰也不作聲。火把照耀之下，狄雲遠遠望去，卻也看得出這些人的臉上都有鄙夷之色，有的含著譏笑，有的卻顯是頗有幸災樂禍之意。

隔一會兒，一個蒼老的聲音道：「水姪女，我跟你爹爹是多年老友，不得不說你幾句。這小惡僧害死了你爹爹……」水笙道：「不，不……」那老人道：「你爹爹不是那小和尚殺的？那麼令尊是死於何人之手？」水笙道：「他……他……」一時接不上口。

那老人道：「花大俠說，那日谷中激鬥，令尊力竭受制，是那小和尚用樹枝打破了他天靈蓋而死，是也不是？」水笙道：「不錯。可是，可是……」那老人道：「可是怎樣？」水笙道：「是我爹爹自己……自己求他打死的！」

她此言一出，洞中突然爆發一陣轟然大笑，只震得洞邊樹枝上半融不融的積雪簌簌而落。笑聲中夾著無數譏嘲之言：「自己求他打死，哈哈哈！撒謊撒得太也滑稽。」「原來水大俠活得不耐煩了，伸了頭出來，請他的未來賢婿打個開花！」「誰說是『未來賢婿？水大俠去世之時，那小和尚只怕早跟這位姑娘有上一手了，哈哈哈！」更有幾個人厲聲相斥：「世間竟有這般無恥女子，爲了個野男人，連親生父親也不要了！」也有人冷言冷語的諷刺：「要野男人不要父親，世上那也挺多。只不過指使奸夫來殺死自己父親，這就駭人聽聞了。」又一人道：「我只聽見過甚麼『戀奸情熱，謀殺親夫』。今日世道可大不同了，居然有『戀奸情熱，謀殺親父』！」

大家聽了花鐵幹的話，先入爲主，認定水笙和狄雲早已有了不可告人的勾當，憤恨她迴護「奸夫」，因此說出來的話竟越來越不中聽。這些江湖上的粗人，有甚麼污言穢語說不出口？

水笙滿臉通紅，大聲道：「你們在說……說些甚麼？卻也不知羞恥？」

那些人又一陣鬨笑。有人道：「卻原來還是我們不知羞恥了，眞是滑天下之大稽。」「好，好！水姑娘，我們不知羞恥。你和那小和尙在這山洞中卿卿我我，把父親的大仇拋在腦後，那就知道羞恥了？」另一個粗豪的聲音罵了起來：「他媽的，老子從湖北一路巴巴的追了下來，馬不停蹄的，就是爲了救你這小婊子。你這賤人這麼無恥，老子一刀先將你砍了。」旁邊有人勸道：「使不得，使不得，趙兄不可魯莽！」

那蒼老的聲音說道：「各位忍一忍氣。水姑娘年紀輕，沒見識。水大俠不幸逝世，她孤苦伶仃的沒人照料，大家別跟她爲難。以後她由花大俠撫養，好好的教導，自會走上正途。大夥兒嘴上積點兒德，這雪谷中的事嘛，別在江湖上傳揚出去。水大俠生前待人仁義，否則大家怎肯不辭勞苦的趕來救她女兒？咱們須當顧全水大俠的顏面，這件事就別再提了。快去抓了那小和尙來是正經，將他開膛破肚，祭奠水大俠。」

說話的老人大概德高望重，頗得諸人的尊敬，他這番話一說，人羣中有不少聲音附和，都道：「是，是，張老英雄的話有理。咱們去找那小和尙，抓了他來碎屍萬段！」

衆人嘈雜叫囂聲中，水笙「哇」的一聲，哭了出來。

忽聽得遠處有人長聲叫道：「表妹，表妹！你在那裏？」

水笙一聽到這聲音，知是表哥汪嘯風尋她來了，自己受了冤枉，苦遭羞辱，突然聽到親人的聲音，如何不喜？當下止了哭泣，奔向洞口。

有人便道：「這痴心的汪嘯風知道了眞相，只怕要發瘋！」那姓張的老者道：「大家別吵，聽我一句話。這位汪家小哥對水姑娘倒是一片眞情，雪還沒消盡，他就早了兩日闖進谷來，想是路上不好走，失陷在甚麼地方，欲速則不達，反落在咱們後頭了。這人也是命裏不好，大家嘴頭上修積陰德，水姑娘跟那小和尚的醜事，就別對他說。」羣豪中有些忠厚的便道：「正該如此！水姑娘一時失足，須當讓她有條自新之路。何況這大半也是迫於無奈。否則好端端一個名門閨女，怎會去跟一個邪派和尚姘上了？」

卻有人說道：「汪嘯風這麼一個漂亮哥兒，平白無端的戴上了一頂綠帽子，未免太委屈了他罷，哈哈！」「這叫做一個願打，一個願挨。錢兄，你出門這麼久，嫂子在家中寂寞孤單，說不定你頭上這頂帽兒，也有點綠油油了呢？」「他媽的，你奶奶雄，這會兒你老婆才寂寞孤單！」「不錯，不錯，我老婆寂寞孤單，你尊夫人這會兒有人陪伴，風流快活，一點兒也不寂寞孤單……」話未說完，砰的一聲，肩頭已挨了一拳。衆人嘻笑不絕。

只聽得汪嘯風大叫「表妹，表妹」的聲音又漸漸遠去，顯是沒知衆人在此。水笙奔出山洞，叫道：「表哥，表哥！我在這裏，我在這裏！」汪嘯風又叫了聲：「表妹，表妹，你在那裏？」水笙縱聲叫道：「我在這裏！」

東北角上一個人影飛馳而來，一面奔跑，一面大叫「表妹！」突然間腳下一滑，摔倒在地。水笙「啊」的一聲，甚是關切，向他迎了上去。原來汪嘯風聽到了水笙的聲音，大喜之下，全沒留神腳下的洞坑山溝，一腳踏在低陷之處，摔了一交，隨即躍起，急奔而來。水笙也向他奔去。兩人奔到臨近，齊聲歡呼，相擁在一起。

狄雲見到兩人相會時歡喜親熱的情狀，心中沒來由的微微一酸。他始終不能忘情於師妹戚芳，雖在雪谷中和水笙同住半載，心中從未對她生過絲毫男女之情。只相處日久，一旦分手，不免有依依之感，心想：「她隨表哥而去，那再好也沒有了，但願她今後無災無難，嫁了她表哥，一生平安喜樂。」

忽聽得汪嘯風放聲大哭，想必是水笙跟他說了水岱逝世的消息。過了一會，見汪嘯風攜著水笙之手，並肩過來。汪嘯風嗚咽道：「舅舅不幸遭難，我……我……我從小得他撫養長大，他待我就像是親生兒子一般。」水笙聽他說到父親，不禁又流下淚來。汪嘯風低聲道：「表妹，自今而後，你我再也不分開了，你別難過，我一輩子總好好的待你。」水笙自幼便對這位表哥十分傾慕，這番分開，更是思念殷切，聽他這麼說，臉上一紅，心中感到一陣甜甜之意。

兩人漸漸走近山洞。水笙忽然立定，說道：「表哥，你和我即刻走罷，我不願見那些人了。」汪嘯風奇道：「爲甚麼？這許多伯伯叔叔和好朋友，大家不辭艱險的前來救你，在雪谷外守候了大半年，可算得義氣深重，咱們怎能不好好的謝謝他們？」水笙低下了頭，道：「我已謝過他們了。」汪嘯風道：「大夥兒千里迢迢的從湖北趕到這兒，同來同回，豈不是好？再說，舅舅的遺體是要運回故鄉呢，還是就葬在這裏，也得向長輩們請示。陸伯伯、花伯伯、劉道長這三位怎樣了？」

水笙道：「你和我先出去，慢慢再跟你說。花伯伯是個大壞蛋，你別聽他胡說！」汪嘯風自來對她從不違拗，這時黑暗中雖見不到她風姿，但一聽到她柔軟甜美的語聲，早已心醉，便想順她意思，先行離去。

忽聽得山洞口一人道：「汪賢姪，你過來！」正是花鐵幹的聲音。汪嘯風道：「是，花伯伯！」水笙大急，頓足道：「你不聽我話麼？」汪嘯風心想：「花伯伯是舅舅的義兄，長者之命，如何可違？這許多朋友爲了相救表妹，如此不辭辛勞，大功告成之後卻棄之不顧，自行離去，那無論如何說不過去。這一來，我聲名掃地，以後在江湖上怎能立足？表妹是小孩子脾氣，待會哄她一哄，陪個不是，也就是了。」當即攜了她手，走向山洞。

水笙明知花鐵幹要說的決不是好話，但想：「我清清白白，問心無愧，任他如何污言誣陷，於我何損？」當下便隨了汪嘯風走去，臉上卻已全無血色。

兩人走到洞口。花鐵幹道：「汪賢姪，你來了很好。血刀惡僧已給我殺了，但還有一個小和尚漏網，咱們務當將他擒來殺卻。這小和尚是害死你舅舅的兇手。」汪嘯風大叫一聲，唰的一下便拔劍出鞘，跟著回頭向水笙瞧去，急欲看看這位表妹別來如何。

火光之下，只見她容顏憔悴，淚盈於眶。汪嘯風心下憐惜，卻見她在緩緩搖頭，問道：「怎麼？」水笙道：「我爹爹不是那……那……人害死的。」

衆人聽她這麼說，盡皆憤怒，均想：「我們爲了你今後好做人，瞧在水大俠的面上，才不洩露你和小淫僧的醜事，這時候你居然還在迴護小淫僧，當眞是罪不容恕了。你連『小和尚』三字也不肯說，還在『那人、那人』的，實在無恥已極！」

汪嘯風見各人臉上均現怒色，很覺奇怪，心想表妹不肯和衆人相見，而大夥又對她頗含敵意，中間定是另有隱情，便道：「表妹，咱們聽花伯伯吩咐，先去捉了那小和尚來，將他千刀萬段，祭我舅舅。其餘的事，慢慢再說不遲。」

水笙道：「他……他也不是小和尚。」

汪嘯風一愕，見到身旁衆人均現鄙夷之態，心中一凜，隱隱覺得不對。他不願即行查究此事，還劍入鞘，大聲道：「衆位伯伯叔叔，好朋友，請大家再辛苦一番，了結此事。姓汪的再逐一拜謝各位的大恩大德。」說著一揖到地。

衆人都道：「不錯，快去捉拿小惡僧要緊，別讓他出谷跑了！」說著紛紛衝出洞去。

不知是誰在洞口掉了一根火把，火光在谷風中時旺時弱，照得「鈴劍雙俠」二人臉上也是一陣亮，一陣暗。兩人執手相對，心中均有千言萬語，不知從何說起。

狄雲心想：「他表兄妹二人定有許多體己話兒要說，我這就走罷。」正想悄悄避開，卻聽得有兩人快步走來，一人道：「你從這邊搜來，我從那邊搜去，兜個圈子，再在這裏會合。」另一人道：「好！這一帶雪地裏腳印雜亂，說不定那小淫僧便躲在左近。」先說話的那人壓低聲音，笑道：「喂，老宋，這水姑娘花朵一般的人兒，小淫僧這半年中艷福可眞不淺。」另一人哈哈大笑，道：「是啊，難怪那姓汪的心甘情願戴這頂綠頭巾。」兩人嘻嘻哈哈的說了幾句，分手去尋狄雲。

狄雲在旁聽著，很爲汪水二人難過，心想：「花鐵幹這人當眞罪大惡極，捏造這些無恥謠言，污損水姑娘的聲名，於他又有甚麼好處？」他不知花鐵幹生怕水笙揭露自己種種奸惡行逕，務須先下手爲強，敗壞她聲名，旁人才不會信她的話。狄雲抬頭向洞中望去，只見水笙退開了兩步，臉色慘白，身子發顫，說道：「表哥，你莫信這種胡說八道。」汪嘯風不答，臉上肌肉抽動。

顯然，適才那兩個人的說話，便如毒蛇般在咬嚙他的心。這半年中他在雪谷之外，每日每夜總是想著：「表妹落入了這兩個淫僧手中，那裏還能保得淸白？但只要她性命無礙，也就謝天謝地了。」可是人心苦不足，這時候見了水笙，卻又盼望她守身如玉，聽到那二人的話，心想：「江湖上人人均知此事，汪嘯風堂堂丈夫，豈能惹人恥笑？」但見到她這般楚楚可憐的模樣，心腸卻又軟了，嘆了口氣，搖了搖頭，道：「表妹，咱們走罷。」水笙道：「你信不信這些人的話？」

汪嘯風道：「旁人的閒言閒語，理他作甚？」水笙咬著唇皮，道：「那麼，你是相信的了？」汪嘯風低頭默然，過了好一會，才道：「好罷，我不信便是。」水笙道：「你心中卻早信了這些含血噴人的髒話。」頓了一頓，又道：「以後你不用再見我，就當我這次在雪谷中死了就是啦。」汪嘯風道：「那也不必如此。」

水笙心中悲苦，淚水急湧，心想旁人冤枉我、誣衊我，全可置之不理，可是竟連表哥也瞧得我如此下賤。她只想及早離開雪谷，離開這許許多多人，逃到一個誰也不認識她的地方去，永遠不再和這些人相見。「世上信得過的，原來就只他一個……」

她拔足向外便奔，將到洞口時，忍不住回頭向山洞角落望了一眼。這半年之中，她日夜都在這角落中安身。她性好整潔，十指靈巧，用樹皮鳥羽等物編織了不少褥子、坐墊之類，這時臨別，對這些陪伴了她半年的物事心中不禁依依。一瞥之間，見到自己織給狄雲的那件鳥羽衣服，那日狄雲生氣不要，踢還給她，此後晚上她便作爲被蓋，以禦寒冷，這時心中一動：「這些人口口聲聲說他是淫僧，要跟他爲難，倘若找到了他，他寡不敵衆，那便如何是好？」當下停住腳步，凝望著那件羽衣，一時徬徨無主，心下只想：「他們定要殺他，我幫他不幫？」

汪嘯風見那件羽衣放在她臥褥之上，衣服長大寬敞，式樣顯是男子衣衫，心頭大疑，問道：「這……這是甚麼？」水笙道：「是我做的。」汪嘯風澀然道：「是你的麼？」水笙衝口便想答道：「不是我的。」但隨即覺得不妥，躊躇不答。汪嘯風道：「是件男子衣衫？」聲音更加乾澀了。水笙點了點頭。汪嘯風又道：「是你織給他的？」水笙又點了點頭。

汪嘯風提起羽衣，仔細看了一會，冷冷的道：「織得很好。」水笙道：「表哥，你別胡猜，他和我……」但見他眼神中充滿了憤怒和憎恨，便不再說下去了。汪嘯風將羽衣往臥褥一丟，說道：「他的衣服，卻放在你的床上……」

水笙心中一片冰涼，只覺這個向來體諒溫柔的表哥，突然間變成了無比的粗俗可厭。她不想再多作解釋，只想：「既然你疑心我，冤枉我，那就冤枉到底好了。」

狄雲在洞外草叢之中，見到她受苦冤屈，臉上神情極是淒涼，心中難受之極：「我是個低賤之人，受慣了冤屈，那不算得甚麼。她卻是個尊貴的姑娘，如何能受這不白之冤？」想到這裏，義憤之心頓起，雖知山洞外正有數十個好手在到處搜尋，人人要殺他而甘心，卻也顧不得了，當即踴身躍進山洞，說道：「汪少俠，你全轉錯了念頭。」

汪嘯風和水笙見他突然跳進洞來，都吃了一驚。狄雲這時頭髮已長，已不是從前拔光頭髮的小和尚模樣。汪嘯風定了定神，才認了出來，拔劍出鞘，左手將水笙推開，橫劍當胸，眼中如要冒出火來，長劍不住顫動，恨不得撲上去將他立時斬成肉醬。

狄雲道：「我不跟你動手。我是來跟你說，水姑娘冰清玉潔，你娶她爲妻，眞是天大的福氣，不必胡思亂想，信了壞人的造謠。」

水笙萬料不到他竟會在這時挺身而出，而他不避凶險的出頭，只是爲了要證明自己的清白，又感激，又躭心，忙道：「你……你快走，許多人要殺你，這裏太危險了。」

狄雲道：「我知道，不過我非得對汪少俠說明白這事不可，免得你受了冤枉。汪少俠，水姑娘是位好姑娘，你……你千萬不可冤枉了她。」

狄雲拙於言辭，平平常常一件事也不易說得淸楚，何況這般微妙的事端，接連結結巴巴的說了七八句話，只有使汪嘯風更增疑心。水笙急道：「你……你快走！多謝你的好意，我只有來生圖報了，你快走！他們人多，大家要殺你……」

汪嘯風聽到水笙言語和神色間對他如此關懷，妒念大起，喝道：「我跟你拚了！」嗤的一劍，向狄雲當胸疾刺。

這一劍雖勢道凌厲，但狄雲這時是何等身手，一身而兼「神照功」、「血刀門」正邪兩派絕頂武學之所長，眼見汪嘯風劍到，身子微側，便已避開，說道：「我不跟你動手。我叫你好好的娶了水姑娘，別對她有絲毫疑心。她……她是個好姑娘。」

他說話之際，汪嘯風左二劍，右三劍，接連向他疾刺五劍。狄雲若無其事的斜身閃開，心中奇怪：「這人從前武功很好，怎麼半年不見，劍法變得這麼笨了？」

汪嘯風猛刺急斫，每一劍都讓他行若無事的閃開，越加怒發如狂，劍招更出得快了。狄雲道：「汪少俠，你答允不疑心水姑娘的清白，我就去了。你的朋友們都要殺我，我可不能再多耽擱了。」汪嘯風出劍越來越快，狄雲單只內力深湛，輕功卻是平平，雖內功是本，輕功是末，但此道未得人指點，於對方的快劍漸感難以應付，於是伸指一彈，錚的一聲輕響，中指彈中了劍身。

汪嘯風只覺虎口劇痛，長劍脫手落地，忙俯身去拾。狄雲伸掌在他肩頭一推，這一掌並沒使多大力氣，不料汪嘯風竟抵受不住，給他一推之下，登時幾個觔斗向後翻跌了出去，砰的一聲，重重撞上山洞的石壁。

水笙見他跌得十分狼狽，忙奔過去相扶。狄雲愕然，他絕不想將汪嘯風推倒，只是要阻止他拾劍再打，那想到他竟會摔得這麼厲害，實大出意料之外。他跨上兩步，也想去扶，說道：「對不住，我當眞……我不是故意的。」

水笙拉著汪嘯風的右臂，道：「表哥，沒事罷？」汪嘯風心中妒憤交攻，不可抑止，認定水笙偏向狄雲，兩人聯手打了自己之後，反來譏諷，左掌橫揮過來，啪的一聲，重重打了她一個耳光，喝道：「滾開！」水笙吃了一驚，表哥竟會出手毆打自己，那是從未想過的事情，伸手撫著臉頰，竟然呆了。汪嘯風跟著又是一掌，擊中她左頰。水笙驚懼之下，撲在狄雲肩頭，只覺這時候只有他方能保護自己。

狄雲伸左臂摟住了她，側身擋在汪嘯風之前，怒道：「好端端的，你……你幹麼打人？」只聽得山洞外腳步聲響，有幾個人叫道：「山洞裏有人爭吵，快去瞧瞧，莫非那小淫僧藏在裏面？」水笙退後兩步，對狄雲道：「你快走罷……我……我永遠記得你的好意。」

狄雲瞧瞧汪嘯風，又瞧瞧水笙，說道：「我去了！」轉身走向洞口。

汪嘯風大叫：「小淫僧在這裏，小淫僧在這裏，快堵住洞口，別讓他逃走了！」水笙急道：「表哥，你這不是害人麼？」汪嘯風仍然大叫：「快堵住洞口，快堵住洞口！」

洞外七八名漢子聽得汪嘯風的叫嚷，當即攔在洞口。狄雲快步而出，一人喝道：「往那裏逃？」揮刀向他頭頂砍落。狄雲伸手在他胸口一推，那人直摔了出去，撞向身旁的三人，四個人紛紛跌倒。眾人叫罵呼喝聲中，狄雲快步奔了出去。

羣豪聽得聲音，從四面八方趕來，狄雲早去得遠了。幾十人發足疾追，狄雲心中害怕，躲在長草叢中，黑夜之中，誰也尋他不著。羣豪只道他已奔逃出谷，呼嘯叫嚷，追逐而出，片刻間人人追出。

過了好一會兒，狄雲見到汪嘯風和水笙也走了。汪嘯風在前，水笙跟隨在後，兩人隔著一丈多路，越去越遠，終於背影爲山坡遮去。

片刻之前還是一片擾攘的雪谷，終於寂靜無聲。

中原羣豪走了，花鐵幹走了，水笙走了。只賸下狄雲一人。他抬起頭來，連往日常在天空盤旋的兀鷹也沒看見。

眞是寂寞，孤另另地。只有消融了的雪水輕輕的流出谷去。

狄雲心想：「世上那有甚麼聚寶盆？這主人定是另有計謀。」問道：「這裏主人姓甚麼？你說他不是本地人？」那人道：「你瞧，主人不是出來了嗎？」

九　「梁山伯・祝英台」

狄雲在雪谷中又躭了半個月，將《血刀經》上的刀法、拳腳和內功練得純熟無比，再也不會忘卻，於是將《血刀經》燒成了灰，撒在血刀老祖的墳墓上。

這半個月中，他仍睡在山洞外的大岩上。水笙雖然走了，他仍不敢到山洞裏去睡，自然更不敢去用她的褥子、墊子。

他想：「我該走了！這件鳥羽衣服不必帶去，待該辦的事情辦了，就回這雪谷來住。外面的人聰明得很，我不明白他們心裏想些甚麼。這裏誰也不會來，還是住在這裏的好。」於是他出了雪谷，向東行去。第一件事要回老家湘西麻溪鋪去，瞧瞧師父怎樣了。自己從小由師父撫養長大，他是世上唯一的親人。

從川邊到湘西，須得橫越四川。狄雲心想若遇上了中原羣豪，免不了一場爭鬥，自己和他們無怨無仇，諸般事端全因自己拔光頭髮、穿了寶象的僧衣而起。這時他武功雖已甚高，可是全無自信，料想只消遇上了一兩位中原的高手，非給他們殺了不可。於是買了套鄉民的青布衣褲換上了，燒去了寶象的僧衣，再以鍋底煤焦抹黑了臉。四川湘西一帶農民喜以白布纏頭，據說是為諸葛亮服喪的遺風。狄雲也找了一塊污穢的白布纏在頭上。一路東行，偶爾和江湖人物狹路相逢，誰也認他不出了。

他最怕的是遇上了水笙和汪嘯風，還有花鐵幹，幸好，始終沒見到。

他腳程很快，但也一直走了三十多天，才到麻溪鋪老家，其時天氣已暖，田裏禾秧已長得四寸來高了。越近故居，感慨越多，漸漸的臉上炙熱，心跳也快了起來。

他沿著少年時走慣了的山路，來到故居門外，登時大吃一驚，幾乎不相信自己的眼睛。原來小溪旁、柳樹邊的三間小屋，竟變成了一座白牆黑瓦的大房子。這座房子比原來的小屋少說也大了三倍，一眼望去，雖起得似頗為草草，但氣派甚為雄偉。

他又驚又喜，仔細再看周遭景物，確是師父的老家，心想：「師父發了財回家來啦，那可好極了。」他大喜之下，高聲叫道：「師父！」但只叫得一聲，便即住口，心想：「不知屋裏還有沒別人？我這副小叫化的模樣，別丟了師父的臉，且瞧個明白再說。」也是他這些年來多歷艱難，才有這番謹慎，正自思量，屋裏走出一人，斜眼向他打量，臉上滿是鄙夷神氣，問道：「幹甚麼的？」

狄雲見這人帽子歪戴，滿身灰土，和這華夏頗爲不稱，瞧他神情，似乎是個泥水木匠的頭兒，便道：「請問頭兒，戚師父在家麼？」

那人哼了一聲，道：「甚麼七師父、八師父的，這裏沒有。」狄雲一怔，問道：「這兒的主人不是姓戚的麼？」那人反問道：「你問這個幹麼？要討米嘛，也不用跟人家攀交情。沒有，就是沒有！小叫化，走，快走！」

狄雲掛念師父，好容易千里迢迢的回來，如何肯單憑他一句話便即離去，說道：「我不是討米的，跟你打聽打聽，從前這裏住的是姓戚的，不知他老人家是不是還住在這裏？」那人冷笑道：「瞧你這小叫化兒，就有這門子囉唆，這裏的主人不姓七，也不姓八、姓九、姓十。你老人家乘早給我請罷。」

說話之間，屋中又出來一人，這人頭戴瓜皮帽，衣服光鮮，是個財主家的管家模樣，問道：「老平，大聲嚷嚷的，又在跟誰吵架了？」那人笑道：「你瞧，這小叫化囉唆不囉唆？討米也就是了，卻來打聽咱主人家姓甚麼？」那管家一聽，臉色微變，向狄雲打量了半晌，說道：「小朋友，你打聽咱主人姓名作甚？」

若是換作五六年前的狄雲，自即直陳其事，但這時他閱歷已富，深知人心險惡，見那管家目光中滿是疑忌之色，尋思：「我且不直說，慢慢打聽不遲，莫非這中間有甚麼古怪。」便道：「我不過問主人老爺姓甚麼，想大聲叫他一聲，請他施捨些米飯，老爺，你……你就是老爺罷？」他故意裝得傻頭傻腦，以免引起對方疑心。

那管家哈哈大笑，雖覺此人甚傻，但他竟誤認自己爲老爺，心中倒也歡喜，笑道：「我不是老爺，喂，傻小子，你幹麼當我是老爺？」狄雲道：「你……你樣子……好看，威風得緊，你……你一副財主相。」

那管家更高興了，笑道：「傻小子，我老高他日當眞發了大財，定有好處給你。喂，傻小子，我瞧你身強力壯，幹麼不好好做事，卻要討米？」狄雲道：「沒人叫我做事啊。財主老爺，你賞口飯給我吃，成不成？」那管家用力在那姓平的肩上一拍，笑道：「你聽，他口口聲聲叫我財主老爺，不賞口飯吃是不成的了。老平，你叫他也去擔土罷，算一份工錢給他。」那姓平的道：「是啦，憑你老吩咐便是。」

狄雲聽兩人口音，那姓平的工頭是湘西本地人，那姓高的管家卻是北方人，當下不動聲色，恭恭敬敬的道：「財主老爺，財主少爺，多謝你們兩位啦。」那工頭笑罵：「他媽的，胡說八道！」那管家笑得只跌腳，道：「我是財主老爺，你是財主少爺，這……這不是做了你便宜老子嗎？」那工頭揪著狄雲耳朵，笑道：「進去，進去！先好好吃一頓，晚上開工。」狄雲毫不抗拒，跟著他進去，心道：「怎麼晚上開工？」

進得大屋，經過一個穿堂，不由得大吃一驚，眼前所見當眞奇怪之極。只見屋子中間挖掘了一個極大的深坑，土坑邊緣幾乎和四面牆壁相連，只留下一條窄窄的通道。土坑中丟滿了鐵鋤、鐵鏟、土箕、扁擔之類用具，顯然還在挖掘。看了這所大屋外面雄偉堂皇的模樣，那想得到屋中竟會掘了這樣一個大土坑。

那工頭道：「這裏的事，不許到外面去說，知不知道？」狄雲道：「是，是！我知道，這裏風水好，主人家要葬墳，不能讓外面人曉得。」那工頭嘿嘿一笑，道：「不錯，傻小子倒聰明，來吃飯罷。」

狄雲在廚房中飽餐了一頓。那工頭叫他在廊下等著，不可亂走。狄雲答應了，心中愈益起疑。只見屋中一切陳設都十分簡陋，廚房中竟沒砌好的灶頭，只擺著一隻大行灶，架了隻鐵鑊。桌子板櫈等物也都是貧家賤物，和這座大屋實在頗不相稱。

到得傍晚，進屋來的人漸多，都是左近年輕力壯的鄉民，大家鬧哄哄的喝酒吃飯。狄雲隨衆而食，他說的正是當地土話，語音極正。那管家和工頭聽了，絲毫不起疑心，都道他只是本地一個遊手好閒的青年。

衆人飯罷，平工頭率領大夥來到大廳之中，說道：「大家出力挖掘，盼望今晚運氣好，如挖到了有用東西，重重有賞。」衆人答應了，鋤頭鐵鏟撞擊泥土之聲，嚓嚓嚓的響了起來。一個年紀較長的鄉民低聲道：「掘了兩個多月啦，屁也沒挖到半個。就算這裏眞有寶貝，也要看你有沒福氣拿到手啊。」

狄雲心想：「他們想掘寶？這裏會有甚麼寶物？」他等工頭一背轉身，慢慢挨到那年長鄉民身邊，低聲道：「大叔，他們要掘甚麼寶貝？」那人低聲說道：「這寶貝可了不起。這裏的主人會望氣。他不是本地人，遠遠瞧見這裏有寶光上沖，知道地裏有寶貝，來買了這塊地皮，怕走漏風聲，先蓋了這座大屋，叫咱們白天睡覺，夜晚掘寶。」狄雲點頭道：「原來如此，大叔可知道是甚麼寶貝？」那人道：「工頭兒說，那是一隻聚寶盆，一個銅錢放進了盆中，過得一夜，明早就變成了一盆銅錢。一兩金子放進盆裏，明早就變成了滿盆黃金。你說是不是寶貝？」

狄雲連連點頭，說道：「眞是寶貝，眞是寶貝！」那人又道：「工頭特別吩咐，下鋤要輕，打爛了聚寶盆，可不是玩的。工頭說的，掘到了聚寶盆後，可以借給咱們每個人用一晚，你愛放甚麼東西都成。你倒自己合計合計，要放甚麼東西。」狄雲想了一會，道：「我常餓肚子，放一粒白米進去，明天變出一滿盆白米來，豈不是好？」那人哈哈大笑，大聲道：「好，好！」那工頭過來呼叱：「快挖，快挖！」

狄雲心想：「世上那有甚麼聚寶盆？這主人決不是傻子，定是另有計謀，揑造聚寶盆的鬼話來騙人。」又低聲問道：「這裏主人姓甚麼？你說他不是本地人？」那人道：「你瞧，主人不是出來了麼？」

狄雲順著他眼光望去，只見後堂走出一人，身形瘦削，雙目炯炯有神，服飾華麗，約莫五十來歲年紀。狄雲只向他瞧了一眼，心中便怦怦亂跳，轉過了頭，不敢對他再看，心中不住說道：「這人我見過的，這人我見過的。他是誰呢？」只覺這人相貌好熟，一時卻想不起在那裏見過。

只聽得那人道：「今晚大夥兒把西半邊再掘深三尺，不論有甚麼紙片碎屑，木條磚瓦，一點都不可漏了，都要拿上來給我。」狄雲聽到他的說話之聲，心頭一凜，登時省悟：「是了，原來是他。」低下了頭，斜眼又向他瞧了一眼，心道：「不錯，果真是他。」

這間大屋主人，竟便是在荊州萬震山家中教了他三招劍法的老乞丐。那時他衣服破爛，頭髮蓬亂，全身污穢之極，今日卻是一個衣飾華貴的大財主，通身都變了相，因此直到聽了他說話的聲音，這才認出。

狄雲立時便想從坑中跳將上去，和他相認，但這幾年來的受苦受難，教會他事事都要鄭重，不可魯莽急躁，尋思：「這位老乞丐伯伯待我很好，當年我和那大盜呂通相鬥，已然落敗，幸虧他出手相救。後來他又教了我三招精妙劍法，我才得大勝萬門眾弟子。現下想來，他這三招劍法甚爲尋常，但當時卻使我得以免受羞辱。」他自從學了血刀經上所錄的武功之後，見識大進，當年所學的三招「連城劍法」，這時想來已極爲平庸。

又想：「今日重會，原該好好謝他一番才是。可是這裏是我師父的舊居，他在這裏挖掘甚麼東西？他爲甚麼要起這樣一座大屋，掩人耳目？他從前是乞丐，又怎樣發了大財？」暗自琢磨：「還是瞧清楚再說。他雖是我恩人，要拜謝也不忙在一時。他怎不怕我師父回來？難道……難道……師父竟死了麼？」他從小由師父養育長大，向來當他是父親一般，想到師父說不定已經逝世，不由得眼眶紅了。

突然之間，東南角上發出叮的一聲輕響，一個鄉民的鋤頭碰到了甚麼東西。那主人躍入坑中，俯身拾起一件東西。坑中衆鄉民都停了挖掘，向他望去，只見他手中拿著一根鏽爛鐵釘，翻來覆去的看了半晌，才拋在一邊，說道：「動手啊，快挖，快挖！」

狄雲和衆鄉民忙了一夜，那主人始終全神貫注的在旁監督，直到天明，這才收工。多數鄉民散去回家，有七八人住得遠，便在大屋東邊廊下席地而睡。狄雲也在廊下睡了。睡到下午，衆人才起身吃飯。狄雲身上骯髒，有些臭氣，旁人不願和他親近，睡覺吃飯時都離得他遠遠地。狄雲正求之不得。他雖學會了小心謹愼，不敢輕信旁人，但要假裝作僞，仍頗覺爲難，時候一久，多半露出馬腳，別人不來和他親近，那再好也沒有了。

吃過飯後，狄雲走向三里外的小村，想找人打聽師父是否曾經回來過。遠遠見到幾個少年時的遊伴，這時都已粗壯成人，在田間忙碌工作，他不願顯露自己身分，並不上前招呼，尋到一個不相識的十三四歲少年，問起那間大屋的情形。

那少年說道，大屋是去年秋天起的，屋主人很有錢，來掘聚寶盆的，可是掘到這時候還沒掘到。那少年邊說邊笑，可見掘聚寶盆一事，在左近一帶已成了笑柄。「原來的那幾間小屋麼？嗯，好久沒人住啦，從來沒人回來過。起大屋的時候，自然是把小屋拆了。」

狄雲別過了那少年，悶悶不樂，又滿腹疑團，猜不出那老乞丐幹這件怪事到底是何用意。他在田野間信步而行，經過一塊菜地，但見一片青綠，都種滿了空心菜。

「空心菜，空心菜！」

驀然之間，他心中響起了這幾下清脆的頑皮的聲音。空心菜是湘西一帶最尋常的蔬菜，粗生粗長，菜莖的心是空的。他自離湘西之後，直到今日，才再看到空心菜。他呆了半晌，俯身摘了一根，聞聞青菜汁液的氣息，慢慢向西走去。

西邊都是荒山，亂石嶙峋，那裏甚至油桐樹、油茶樹也是不能種的。

那邊荒山之中，有一個旁人從來不知的山洞，是他和戚芳以前常去玩耍的地方。他懷念昔日，信步向那山洞走去。翻過兩個山坡，鑽過一個大山洞，才來到這幽秘荒涼的山洞前。一叢叢齊肩的長草，把洞口都遮住了。他心中一陣難過，鑽進山洞，見洞中各物，仍和當年自己和戚芳離去時一模一樣，沒半點移動過，只積滿了塵土。

戚芳用黏土捏的泥人，他用來彈鳥的彈弓，捉山兔的板機，戚芳放牛時吹的短笛，仍這麼放在洞裏石上。那邊是戚芳的針線籃。籃中剪刀已生滿了黃鏽。

當年逢到冬天農閒的日子，他常在這山洞裏打草鞋或編竹筐，戚芳就坐在他身畔做鞋子。她拿些零碎布片，疊成鞋底，然後一針針的縫上去。師父和他的鞋子都是青布鞋面。她自己的，鞋面上有時繡一朵花，有時繡一隻鳥，那當然是過年過節時穿的，平常穿的鞋子也都是青布面。若是下田下地做莊稼，不是穿草鞋，就是赤腳。

狄雲隨手從針線籃中拿起一本舊書，書的封面上寫著「唐詩選輯」四個字。他和戚芳都識字不多，誰也不會去讀甚麼唐詩，那是戚芳用來夾鞋樣、繡花樣的。他隨手翻開書本，拿出兩張紙樣來。那是一對蝴蝶，是戚芳剪來做繡花樣的。他心裏清清楚楚的湧現了那天的情景。

一對黃黑相間的大蝴蝶飛到了山洞口，一會兒飛到東，一會兒飛到西，但兩隻蝴蝶始終不分開。戚芳叫了起來：「梁山伯，祝英台！梁山伯，祝英台！」湘西一帶的人管這種彩色大蝴蝶叫「梁山伯，祝英台」，大概從下江人那裏學來的叫法。這種蝴蝶定是雌雄一對，雙宿雙飛，從不分開。

狄雲正在打草鞋，這對蝴蝶飛到他身旁，他舉起半隻草鞋，啪的一下，就將一隻蝴蝶打死了。戚芳「啊」的一聲叫了起來，怒道：「你……你幹甚麼？」狄雲見她突然發怒，不由得手足無措，囁嚅道：「你喜歡……蝴蝶，我……我打來給你。」

死蝴蝶掉在地下，一動也不動了，那隻沒死的卻繞著死蝶，不住的盤旋飛動。

戚芳道：「你瞧，多作孽！人家好好一對夫妻，給你活生生拆散了。」狄雲看到她黯然的神色，聽到她難過的語音，才覺歉然，道：「唉，這眞是我的不對啦。」

後來，戚芳照著那隻死蝶，剪了個繡花紙樣，繡在她自己鞋上。過年的時候，又繡了一隻荷包給他，也是這麼一對蝴蝶，黃色和黑色的翅膀，翅上靠近身體處有些紅色、綠色細線。這隻荷包他一直帶在身邊，但在荊州給捉進獄中後，就讓獄卒拿去了。

狄雲拿著那對做繡花樣子的紙蝶，耳中隱隱約約似乎聽到戚芳的聲音：「你瞧，多作孽！人家好好一對夫妻，給你活生生拆散了。」

他呆了一陣，將紙蝶又夾回書中，隨手翻動，見書頁中還有許多紅紙花樣，有的是一尾鯉魚，有的是三隻山羊，那是過年時貼在窗上的窗花，都是戚芳剪的。

他正拿了一張張的細看，忽聽得數十丈外發出石頭相擊的喀喇一響，有人走來。他心想：「這裏從沒人來，難道是野獸麼？」順手將夾著繡花紙樣的書往懷中一塞。

只聽得有人說道：「這一帶荒涼得很，不會在這裏的。」另一個蒼老的聲音道：「嘿，越荒涼，越有人來收藏寶物。咱們得好好在這裏尋尋。」狄雲心道：「怎麼到這裏來尋寶？」閃身出洞，隱身一株大樹之後。

過不多時，便有人向這邊走來，聽腳步聲共有七八人。他從樹後望出去，只見當先一人衣服光鮮，油頭粉臉，相貌好熟，跟著又有一人手中提著鐵鏟，走了過來。這人身材高高的，器宇軒昂。狄雲一見，不由得怒氣上衝，立時便想衝出去一把捏死了他。

這人正是那奪他師妹，送他入獄，害得他受盡千辛萬苦的萬圭。

他怎麼會到了這裏？

旁邊那個年紀略輕的，卻是萬門小師弟沈城。

那兩人一走過，後面來的都是萬門弟子，魯坤、孫均、卜垣、吳坎、馮坦一齊到了。萬門本有八弟子，二弟子周圻在荊州城廢園中爲狄雲所殺，只剩下七人了。狄雲好生奇怪：「這批人到這裏來，尋甚麼寶貝？難道也尋聚寶盆麼？」

只聽得沈城叫了起來：「師父，師父，這裏有個山洞。」那蒼老的聲音道：「是嗎？」語音中抑制不住喜悅之情。跟著一個高大的人形走了過來，正是五雲手萬震山。狄雲和他多年不見，見他精神矍鑠，步履沉穩，絲毫不見蒼老之態。

萬震山當先進了山洞，衆弟子一擁而進。洞中傳出來諸人的聲音：「這裏有人住的！」「灰塵積得這樣厚，多年沒人來了。」「不，不！你瞧，這裏有新的腳印。」「啊，這裏有新手印，有人剛來過不久。」「一定是言師叔，他……他將連城劍譜偷了去啦。」

狄雲又吃驚，又好笑：「他們要找連城劍法的劍譜麼？怎地攪了這麼久，還是沒找到？甚麼言師叔？師父說他二師兄言達平失蹤多年，音訊不知，只怕早已不在人世，怎麼又會鑽了出來奪連城劍譜？那明明是我留下的手印腳印，他們瞎猜一通，眞活見鬼了。」

只聽萬震山道：「大家別忙著起哄，四下裏小心找一找。」有人道：「言師叔既來過這裏，那還有不拿了去的？」有人道：「戚長發這廝眞工心計，將劍譜藏在這裏，別人還眞不容易找到。」又一人道：「他當然工於心計啊，否則怎麼會叫『鐵鎖橫江』？」萬震山道：「剛才咱們遠遠跟著那鄉下人過來，這人腳步好快，一會兒就不見了。這個人說不定也有點兒邪門。」萬圭道：「本地鄉下人熟悉山路，定是轉上小路走了。若不是他，咱們就算再找上一年半載，恐怕也不會找到這兒來。」

狄雲心想：「原來他們是跟著我來的，否則這山洞這麼隱僻，又怎會給他們找到。」

只聽得各人亂轟轟的到處一陣翻掏。洞裏本來沒甚麼東西，各人這樣亂翻，也不過是將幾件破爛物事東丟來、西丟去的移動一下位置而已。跟著鐵鏟挖地之聲響起，但山洞底下都是岩石，那裏挖得下去？

萬震山道：「沒甚麼留著了，大夥出去，到外面合計合計。」衆弟子隨著萬震山出來，走到山溪旁，在岩石上坐了下來。狄雲不願給他們發見，不敢走近。這八人說話聲音甚低，聽不見說些甚麼。過得好一會，八個人站起身來走了。

狄雲心想：「他們是來找連城劍譜，卻疑心是給我二師伯言達平盜了去。我師父的家給改成了一座大屋子，那老丐說要找甚麼聚寶盆……啊，是了，是了！」

突然之間，一道靈光閃過腦海，猛地裏恍然大悟：「這老乞丐那裏是找甚麼聚寶盆了，他也是在尋連城劍譜。他認定這劍譜是落入了我師父手中，於是到這裏來仔細搜尋，爲了掩人耳目，先起這麼一座大屋，然後再在屋中挖坑找尋，生怕別人起疑，傳出風聲說是找聚寶盆，那自然是欺騙鄉下人的鬼話。」跟著又想：「那日萬師伯做壽，這老乞丐白天夜晚的來來去去，顯然是別有用心。嗯，萬震山他們找不到劍譜，豈有不到那大屋去查察之理？多半早已去查察過了。這件事尚未了結，我到那大屋去等著瞧熱鬧便是，這中間大有古怪，一百個不對頭！」

「可是我師父呢？他老人家到了那裏？他的家給人攪得這麼天翻地覆，他知不知道？」「師妹呢？她是留在荊州城裏，享福做少奶奶罷。萬家的人要來搜查她父親的屋子，多半不會給她知道。這時候，她在幹甚麼呢？」

晚上，大屋裏又四壁點起了油燈和松明。十幾個鄉民拿起了鋤頭鐵鏟挖地。狄雲也混在人羣中挖掘，既不特別出力，也不偷懶，要旁人越少留意到他越好。他頭髮蓬鬆，不剃鬍子，大半張臉都給毛髮遮住了，再塗上一些泥灰，當眞面目全非，又想日間萬震山等人跟隨過自己，別給他們認了出來，於是將纏頭的白布和腰間的青布帶子掉換了使用。這一晚，他們在挖靠北那一邊，那老乞丐背負著雙手，在坑邊踱來踱去。當然，他現在完全不像乞丐了，衣飾富麗，左手上戴著個碧玉戒指，腰帶上掛了好大的一塊漢玉。

突然之間，狄雲聽到屋外有人悄悄掩來，東南西北，四面都有人。這些人離得還遠，那老丐顯然並未知覺。狄雲側過身子，斜眼看那老丐，只聽得腳步聲慢慢近了，五個、六個……七個……八個，是了，便是萬震山和他的七個弟子。但那老丐還是沒發覺。狄雲早聽得清清楚楚，那八個人便如近在眼前，可是老丐卻如耳朵聾了一般。

五年之前，狄雲對那老丐敬若神明。他只跟老丐學了三招劍法，便將萬門八弟子打得一敗塗地，全無招架的餘地。「但怎麼他的武功變得這樣差了，因為老了麼？難道不是他麼？是認錯人了麼？不，決不會認錯的。」狄雲卻沒想到是自己的武功進步到了極高境界，於他是清晰可聞的聲音，在旁人耳中卻全無聲息。

八個人越來越近。狄雲很奇怪：「這八人真好笑，誰還聽不到你們偷偷掩來，還這麼躡手躡腳，鬼鬼祟祟？」那八人又走近了十餘丈，突然間，那老丐身子微微一顫，側過了耳朵，傾聽動靜。狄雲心想：「他聽見了？他是聾的麼？」其實，這八人相距尚遠，若換作一兩年前的狄雲，他不會聽到腳步聲，再走近些，也還是聽不到。

那八個人更加近了，走幾步，停一停，顯然是防屋中人發現。可是那老丐已經發覺了。他轉過身來，拿起倚在壁角的一根拐杖，那是一根粗大的龍頭木拐。

突然之間，那八人同時快步搶前，四面合圍。砰的一聲響，大門踢開，萬圭當先搶入，跟著沈城、卜垣跟了進來。七人各挺長劍，將那老丐團團圍住。

那老丐哈哈大笑，道：「很好，哥兒們都來了！萬師哥，怎麼不請進來？」

門外一人縱聲長笑，緩步踏入，正是五雲手萬震山。他和那老丐隔坑而立，兩人相互打量。過了半晌，萬震山笑道：「言師弟，幾年不見，你發了大財啦。」

這三句話鑽入狄雲耳中，他頭腦中登時一陣混亂：「甚麼？這老丐便是……便是二師伯……二師伯……言達平？」

只聽那老丐道：「師哥，我發了點小財。你這幾年買賣很好啊。」萬震山道：「托福！喂，小子們，怎麼不向師叔磕頭？」魯坤等一齊跪下，齊聲說道：「弟子叩見言師叔。」那老丐笑道：「罷了，罷了！手裏拿著刀劍，磕頭可不大方便，還是免了罷。」

狄雲心道：「這人果然是言師伯。他……他？」

萬震山道：「師弟，你在這兒開煤礦嗎？怎麼挖了這樣大的一個坑？」言達平嘿嘿一笑，道：「師兄猜錯了。小弟仇人太多，在這裏避難，挖個深坑是一作二用。仇人給小弟殺了，就隨手掩埋，不用挖坑。倘若小弟給人家殺了，這土坑便是小弟的葬身之地。」萬震山笑道：「妙極，師弟眞想得周到。師弟身子也不肥大，我看這坑夠深的了，不用再挖啦。」言達平微笑道：「葬一個人是綽綽有餘了，葬八個人恐怕還不夠。」

狄雲聽他二人一上來便唇槍舌劍，針鋒相對，不禁想起丁典的說話，尋思：「他們師兄弟合力殺了他們師父。受業恩師都要殺，相互之間又有甚麼情誼？聽丁大哥說，他們師兄弟奪到了連城劍譜，卻沒得到劍訣。那劍訣盡是一些數字，甚麼第一字是『四』，第二字是『四十一』，第三字是『三十三』，第四字是『五十三』，第五字是『十八』，丁大哥一直到死，也沒說完。劍譜不是早在他們手中麼？怎地又到這裏來找尋？」

萬震山道：「好師弟，咱倆同門這許多年，我的心思，你全明白，你的肚腸，我也早看穿了，大家還用得著繞圈子說話麼？拿來！」說了這「拿來」兩字，便即伸出了右手。言達平搖了搖頭，道：「還沒找到。戚老三的心機，咱哥兒倆都不是對手。我可萬萬猜不到他將劍譜藏在那裏。」

狄雲又是一凜：「難道他們師兄弟三人合力搶到劍譜，卻又給我師父拿了去？可是這些年來，怎地又絲毫沒動靜？是了，定是我師父下手異常巧妙，他們一直沒覺察出來。師父既不在此處，劍譜自會隨身攜帶，怎會埋藏在這屋中？他們拚命到這裏來翻尋，那不是太傻了嗎？」可是，他知道萬震山和言達平決不是傻瓜，比自己聰明十倍也還不止。這中間到底隱藏著甚麼陰謀和機關？他猜不出，也知道不必去猜。

萬震山哈哈大笑，說道：「師弟，你還裝甚麼假？人家說咱們三師弟是『鐵鎖橫江』，手段厲害。我說呢，還是你二師弟厲害。拿來！」說著右手又向前一伸。

言達平拍拍衣袋，說道：「咱哥兒倆多年老兄弟，還能分甚麼彼此？師哥，這玩意兒要是兄弟得到了，憑我這點兒料，決計對付不了，非得你來主持大局不可，做兄弟的只能在旁協助，分一些好處。但要是師兄得到了呢，嘿嘿，師兄門下弟子雖多，功夫都還嫩著點兒，只怕也須讓做兄弟的湊合湊合，加上一把手。」

萬震山皺眉道：「你在那邊山洞裏，拿到了甚麼？」言達平奇道：「甚麼山洞？這附近有個山洞麼？」萬震山道：「師弟，你我年紀都這麼一大把了，何必到頭來再傷和氣？請你拿出來，大家一同參詳。今後有福同享、有難同當如何？」

言達平道：「這可奇了，你怎麼一口咬定是我拿到了？要是我已得手，還在這裏挖掘掘的幹甚麼？」萬震山道：「你鬼計多端，誰知道你幹甚麼？」言達平道：「三師弟的東西，那有這麼容易找到的。我瞧啊，也不會是在這屋中，再掘得三天，倘若仍無結果，我也不想再攪下去了。」萬震山冷笑道：「哼！我瞧你還是再掘十天半月的好，裝得像些。」

言達平勃然變色，便要翻臉，但一轉念間，忍住了怒氣，道：「你要怎樣才信？」放下拐杖，解開衣扣，除下長袍，抓住袍子下襬，倒轉來抖了兩抖，叮叮噹噹的跌出幾兩碎銀子和一隻鼻煙壺來，都掉在地下。

萬震山道：「你有這麼蠢，拿到了之後會隨身收藏？就算是藏在身邊，也必貼肉收的，不會放在袍子袋裏。」言達平嘆了口氣，道：「師兄既信不過，那就來搜搜罷。」

萬震山道：「如此得罪了。」向萬圭和沈城使個眼色。兩人點了點頭，還劍入鞘，一左一右，走到言達平身邊。萬震山向卜垣和魯坤又橫個眼色，兩人慢慢繞到言達平身後，手中緊緊抓住了劍柄。

言達平拍拍內衣口袋，道：「請搜！」萬圭道：「師叔，得罪了！」伸手去摸他口袋。突然之間，萬圭「啊」的一聲尖叫，急忙縮手倒退，火光下只見手背上爬著一隻三寸來長的大蠍子。他反手往土坑邊一擊，啪的一聲，將蠍子打得稀爛，但手背已中劇毒，登時高高腫起。他要逞英雄，不肯呻吟，額上汗珠卻已如黃豆般滲了出來。

言達平失驚道：「啊喲，萬賢姪，你那裏去攪了這隻毒蟲來？這是花斑毒蠍，可厲害得很哪。這東西是玩不得的。師哥，快，快，你有解藥沒有？只要救遲了一步，那就不得了，了不得！乖乖我的媽！」

只見萬圭的手背由紅變紫，由紫變黑，一道紅線，緩緩向手臂升上去。萬震山知道中了言達平的陷阱，說不得，只好忍一口氣，說道：「師弟，做哥哥的服了你啦。我這就認輸。你拿解藥來，我們拍手走路，不再來向你囉唆了。」

言達平道：「這解藥麼，從前我倒也有過的，只年深日久，不知丟在那裏了，過幾天我慢慢跟你找找，或許能找得到。要不然，我到大名府去，找到了藥方，另外給你配過，那也成的。誰教咱師兄弟情誼深長呢。」

萬震山一聽，當眞要氣炸了胸膛，這種毒蛇、毒蠍之傷，一時三刻便能要了人性命，只要這道紅線一通到胸口，立時便即氣絕斃命，說甚麼「過幾天慢慢找找」，此處到河北大名府千里迢迢，又說甚麼找藥方配藥，居然虧他有這等厚顏無恥，還說「誰教咱師兄弟情誼深長呢」，眼見愛子命在頃刻，只得強忍怒氣，心想君子報仇，十年未晚，便道：「師弟，這個觔斗，我栽定了。你要我怎麼著，便劃下道兒來罷。」

言達平慢條斯理的穿上長袍，扣上衣扣，說道：「師哥，我有甚麼道兒好劃給你的？你愛怎麼便怎麼罷。」萬震山心道：「今日且讓你扯足順風旗，日後要你知道我厲害。」說道：「好罷，姓萬的自今而後，永不再和你相見。再向你囉唆甚麼，我姓萬的不是人。」言達平道：「這個可不敢當。做兄弟的只求師哥說一句，那《連城劍譜》，該當歸言達平所有。倘若兄弟僥倖找到，自然無話可說；就算落入了師哥手裏，也當讓給兄弟。」

萬圭毒氣漸漸上行，只覺一陣陣暈眩，身子不由自主的搖搖擺擺。魯坤叫道：「師弟，師弟！」伸手扶住，撕破他衣袖，只見那道紅線已過腋下。他轉頭向著萬震山叫道：「師父，今日甚麼都答允了罷！」萬震山道：「好，這連城劍譜，就算是師弟你的了，恭喜！恭喜！」這兩句「恭喜」，卻說得咬牙切齒，滿腔怨毒。

言達平道：「既是如此，讓我進屋去找找，說不定能尋得到甚麼解藥，那要瞧萬賢姪是不是有這造化了。」說完慢吞吞的轉身入內。萬震山使個眼色，魯坤和卜垣跟了進去。

過了好一會，三人都沒出來，也沒聽到甚麼聲息，只見萬圭神智昏迷，由沈城扶著，已不能動彈。萬震山心中焦急，向馮坦道：「你進去瞧瞧。」馮坦道：「是！」正要進去，只見言達平走了出來，滿面春風的道：「還好，還好！這不是找到了嗎？」手中高舉著一個小瓷瓶，說道：「這是解藥，治蠍毒再好不過了。萬賢姪，你好大命啊。以後這種毒物可玩不得了。」說著走到萬圭身邊，拔開瓶塞，在萬圭手背傷口上洒了些黑色藥末。

這解藥倒也眞靈，不多時便見傷口中慢慢滲出黑血，一滴滴的掉在地下，黑血越滲越多，萬圭手臂上那道紅線便緩緩向下，回到臂彎，又回到手腕。

萬震山吁了口氣，心中又輕鬆，又惱恨，兒子的性命是保全了，可是這一仗大敗虧輸，還沒動手即受制於人。又過一會，萬圭睁開了眼睛，叫了聲：「爹！」

言達平將瓷瓶口塞上，放回懷中，拿過拐杖，在地下輕輕一頓，笑道：「這就行啦，萬賢姪，你今後學了這乖，伸手到人口袋裏去掏摸甚麼，千萬得小心才是。」

萬震山向沈城道：「叫他們出來。」沈城應道：「是！」走到廳後，大聲叫道：「魯師哥、卜師哥，快出來，咱們走了。」只聽得魯卜二人「啊，啊，啊」的叫了幾下，卻不出來。孫均和沈城不等師父吩咐，逕自衝了進去，隨即分別扶了魯坤、卜垣出來。但見兩人臉無人色，一斷左臂，一折右足，自是適才遭了言達平的毒手。

萬震山大怒，他本就有意立取言達平的性命，這時更有了藉口，這口惡氣那裏還耐得到他日再出？當即唰的一聲，長劍出鞘，刃吐青光，疾向言達平喉頭刺了過去。

狄雲從未見萬震山顯示過武功，這時見他一招刺出，狠辣穩健，心中暗道：「這一劍好像沒甚麼漏洞。」狄雲此時武學修爲已甚深湛，雖無人傳授，但在別人出招之時，自然而然的首先便看對方招數中有甚麼破綻。

言達平斜身讓過，左手抓住拐杖下端，右手抓住拐杖龍頭，雙手一分，嚓的一聲輕響，白光耀眼，手中已多了一柄長劍。原來那拐杖的龍頭便是劍柄，劍刃藏在杖中，拐杖下端便是劍鞘。他一劍在手，當即還招，叮叮叮叮之聲不絕，師兄弟二人便在土坡邊上鬥了起來。鬥得數招，均覺坑邊地形狹窄，施展不開，同聲吆喝，一齊躍入坑中。

衆鄉民見二人口角相爭，早已驚疑不定，待見動上了傢伙惡鬥，更嚇得縮在屋角落中，誰也不敢作聲。狄雲也裝出畏縮之狀，留神觀看兩位師伯，只看得七八招，心想：「二位師伯內力太過不足，招法卻儘夠了，就算得到了甚麼《連城劍譜》，恐怕也沒甚麼用處，除非那是一部增進內功的武經。但既是『劍譜』，想來必是講劍法的書。」

他又看幾招，更覺奇怪：「劉乘風、花鐵幹他們『落花流水』四俠的武功，比之我這兩位師伯高得多了。兩位師伯一味講究招數變化，全不顧和內力配合。那是甚麼道理？當年師父教我劍術，也這麼教。看來他們萬、言、戚師兄弟三人全這麼學的。這種武功遇上比他們弱的對手，自然佔盡了上風，但只要對方內力稍強，他們這許多變幻無窮的劍招，就半點用處也沒有了。爲甚麼要這樣學劍？爲甚麼要這樣學劍？」

只見孫均、馮坦、吳坎三人各挺長劍，上前助戰，成了四人合攻言達平之勢。

言達平哈哈大笑，說道：「好，好！大師哥，你越來越長進啦，招集了一批小嘍囉，齊來攻打你師弟。」他雖裝作若無其事，劍法上卻已頗見窒滯。

狄雲心想：「他師兄弟二人的劍招，各有各的長處。言師伯當年教了我刺肩、打耳光、去劍三式，用以對付萬門諸弟子，那是十分有用的，用來對付萬師伯，卻半點用處也沒有了。唉，他們大家都不懂，單學劍招變化，若無內力相濟，那有甚麼用？半點用處也沒有。眞奇怪，這樣淺顯的道理，連我這笨人也懂，他們個個十分聰明，怎麼會誰也不懂？難道是我自己胡塗了？」突然之間，心頭似乎閃過了一道靈光：「丁大哥跟我說過那神照經的來歷，顯然，師祖爺梅念笙是懂得這道理的，卻爲甚麼不跟三個弟子說？難道……難道……難道……」他心中連說三個「難道」，背上登時滲出了一片冷汗，不由得打了個寒噤，身子也輕輕發抖。

旁邊一個年老的鄉民不住唸佛：「阿彌陀佛，阿彌陀佛，別弄出人命來才好。小兄弟，別怕，別怕。」他見狄雲發抖，還道他是見到萬言二人相鬥而害怕，雖出言安慰，自己心中可也著實驚懼。

狄雲心底已明白了眞相，可是那實在太過陰險惡毒，他不願多想，更不願將已經猜到了的眞相，歸併成爲一條明顯的理路，只是既想通了關鍵所在，一件件小事自會匯歸在一起。萬震山、言達平、孫均、馮坦……這些人每一招遞出，都令他的想法多了一次印證。「不錯，不錯，定是這樣。不過，又恐怕不會罷？做師父的，怎能如此惡毒？不會的，不會的……可是，倘若不是，又怎會這樣？實在太奇怪了。」

一張清清楚楚的圖畫在他腦海中呈現了出來：「許多年以前，就是在這屋子外面，我和師妹練劍，師父在旁指點。師父教了我一招，很是巧妙。我用心的練，第二次師父卻教得不同了，劍法仍然巧妙，卻和第一次有些兒不同。當時，我只道是師父的劍法變幻莫測。這時想來，兩次所教的劍招爲甚麼不同，道理再也明白不過了。」

突然之間，心裏感到一陣陣的刺痛：「師父故意教我走錯路子，故意教我些次等劍法。他自己的本事高得多，卻故意教我學些中看不中用的劍招。他……他……言師伯的武功和師父應該差不多，可是他教了我三招劍法，就比師父高明得多……」

「言師伯卻又爲甚麼教我這三招劍法？他不會存著好心的。是了，他要引起萬師伯的疑心，要萬師伯和我師父鬥將起來……」

「萬師伯也是這樣，他自己的本事，和他的衆弟子完全不同……卻爲甚麼連自己的兒子也要欺騙？唉，他不能單教自己兒子，卻不教別的弟子，否則的話，中間的假把戲立刻就拆穿了。」

言達平左手揑著劍訣，右手手腕抖動，劍尖連轉了七個圈子，快速無倫的刺向萬震山胸口。萬震山橫過劍身，以橫破圓，斜劈連削，將他這七個劍圈盡數破解了。

狄雲在旁看著，又想：「這七個圈子全是多餘，最終是一劍刺向萬師伯的左胸，何不直截了當的刺了過去？豈不既快又狠？萬師伯斜劈連削，以七個招式破解言師伯的七個劍圈，好像巧妙，其實笨得不得了，只須反刺言師伯小腹，早已得勝了。」

猛地裏腦海中又掠過一幕情景：

他和師妹戚芳在練劍，戚芳的劍招花式繁多，他記不清師父所教的招數，給迫得手忙腳亂，連連倒退。戚芳接連三招攻來，他頭暈眼花，手忙腳亂，眼看抵敵不住，已無法去想師父教過的劍招，隨手擋架，跟著便反刺出去……

戚芳使一招「忽聽噴驚風，連山若布逃」，圈劍來擋，但他的劍招純係自發，不依師授規範，戚芳這一招花式巧妙的劍法反而擋架不住。他一劍刺去，直指師妹肩頭。正收勢不及之際，師父戚長發從旁躍出，手中拿著一根木柴，啪的一聲，將他手中長劍擊落。他和戚芳都嚇得臉色大變。戚長發將他狠狠責罵一頓，說他亂刺亂劈，不依師父所教的方法使劍，太不成話。當時他也曾想到：「我不照規矩使劍，怎麼反而勝了？」但這念頭只一閃即逝，隨即明白：「自然因爲師妹的劍術還沒練得到家。要是遇上了眞正好手，我這般胡砍亂劈當然非輸不可。」他當時又怎想得到：自己隨手刺出去的劍招，其實比師父所教希奇古怪、花巧百出的劍法有用得多。

現下想來，那可全然不同了。以他此刻的武功，自己淸淸楚楚的看了出來：萬震山和言達平兩人所使的劍術之中，有許多是全然無用的花招，而萬震山教給弟子的劍法，戚長發教給他和戚芳的劍法，其中無用的花招虛式更多。不用說，師祖梅念笙早瞧出三個徒兒心術不正，在傳授之時故意引他們走上了劍術的歪路，而萬震山和戚長發在教徒兒之時，或有意或無意的，引他們在歪路上走得更遠，更加好看，更加沒用。

臨敵之時使一招不管用的劍法，不只是「無用」而已，那是虛耗了機會，讓敵人搶到上風，便是將性命交在敵人手裏。爲甚麼師祖、師父、師伯都這麼狠毒？都這麼的陰險？「他們會和自己的兒子、女兒有仇麼？故意坑害自己的徒弟麼？那決不會。必定另有重大原因，一定有要緊之極的圖謀。難道是爲了那本《連城劍譜》？應該是的罷？萬師伯和言師伯爲了這劍譜，可以殺死自己師父，現在又拚命想殺死對方。」

不錯，他們在拚命想殺死對方。土坑中的爭鬥越來越緊迫。萬震山和言達平二人的劍法難分高下，但萬門衆弟子在旁相助，究竟令言達平大爲分心，幸得他先使計傷了萬圭、魯坤、卜垣三人，不然這時早已輸了。鬥到分際，孫均一劍刺向言達平後心，言達平回劍一擋，劍鋒順勢掠下。孫均一聲「啊喲！」虎口受傷，跟著噹的一聲，長劍落地。便在這時，萬震山已乘隙削出一劍，在言達平右臂割了長長一道口子。

言達平吃痛，急忙劍交左手，但左手使劍究竟甚是不慣，右臂上的傷勢也著實不輕，鮮血染得他半身都是血污。七八招拆將下來，他左肩上又中了一劍。

眾鄉民見狀，都嚇得臉上變色，竊竊私議，只想逃出屋去，卻誰也不敢動彈。

萬震山決意今日將這師弟殺了，一劍劍出手，更加狠辣，嗤的一聲響，言達平右胸又中一劍。眼看數招之間，言達平便要死於師兄劍底，他咬著牙齒浴血苦鬥，不出半句求饒的言語。他和這師兄同門十餘年，離了師門之後，又明爭暗鬥了十餘年，對他為人知之極深，出言相求只徒遭羞辱，絕無用處。

狄雲心道：「當年在荊州之時，言師伯以一隻飯碗助我打退大盜呂通，又教了我三招劍法，使我不受萬門諸弟子的欺侮，雖然他多半別有用意，但我總是受過他恩惠，決不能讓他死於非命。」當下假裝不住發抖，提起手中鐵鏟在地下鏟滿了泥土。

只見萬震山又挺劍向言達平小腹上刺去，言達平身子搖晃，已閃避不開。狄雲手中的鐵鏟輕輕一抖，一鏟黃泥向萬震山飛去。泥上所帶的內勁著實不小。萬震山給這股勁力一撞，登時立足不住，騰的一下，向後摔出。

眾人出其不意，誰也不知泥土從何處飛來。狄雲幾鏟泥土跟著迅速擲出，都是擲向點在壁上的松明和油燈，大廳中立時黑漆一團，眾人都驚叫起來。狄雲縱身而前，一把抱起言達平便衝了出去。

狄雲一到屋外，便將言達平負在背上，往後山疾馳。他於這一帶的地勢十分熟悉，儘往荒僻難行的高山上攀行。言達平伏在他背上，只覺耳畔生風，猶似騰雲駕霧一般，恍如夢中，眞不信世間竟有這等武功高強之人。萬震山和羣弟子大呼追來，卻和狄雲越離越遠。

狄雲負著言達平，攀上了這一帶最高的一座山峯。山峯陡峭險峻，狄雲也從未上來過。他曾與戚芳仰望這座雲圍霧繞的山峯，商量說山上有沒有妖怪神仙。戚芳說：「那一日你待我不好了，我便爬上山去，永遠不下來了。」狄雲說：「好，我也永遠不下來。」戚芳笑道：「空心菜！你肯陪著我永遠不下來，我也不用上去啦。」

當時狄雲只嘻嘻傻笑，此刻卻想：「我永遠願意陪著你，你卻不要我陪。」

他將言達平放下地來，問道：「你有金創藥麼？」言達平撲翻身軀便拜，道：「恩公尊姓大名？言達平今日得蒙相救，大恩不知如何報答才是。」狄雲不能受師伯這個禮，忙跪下還禮，說道：「前輩不必多禮，折殺小人了。小人是無名之輩，一些小事，說甚麼報答不報答？」言達平堅欲請教，狄雲不會揑造假姓名，只是不說。

言達平見他不肯說，只得罷了，從懷中取出金創藥來，敷上了傷口；撫摸三處劍傷，兀自心驚：「他再遲得片刻出手，我這時已不在人世了。」

狄雲道：「在下心中有幾件疑難，要請問前輩。」言達平忙道：「恩公再也休提前輩兩字。有何詢問，言達平自當竭誠奉告，不敢有分毫隱瞞。」狄雲道：「那再好不過了。請問前輩，這座大屋，是你所造的麼？」言達平道：「是的。」狄雲又問：「前輩僱人挖掘，當然是找那《連城劍譜》了。不知可找到了沒有？」

言達平心中一凜：「我道他爲甚麼好心救我，卻原來也是爲了那本《連城劍譜》。」說道：「我花了無數心血，至今未曾得到半點端倪。恩公明鑒，小人實不敢相瞞。倘若言達平已經得到，立即便雙手獻上。姓言的性命是恩公所救，豈敢愛惜這身外之物？」

狄雲連連搖手，道：「我不是要劍譜。不瞞前輩說，在下武功雖然平平，但相信這甚麼《連城劍譜》，對在下的功夫也未必有甚麼好處。」言達平道：「是，是！恩公武功出神入化，已然當世無敵，那《連城劍譜》也不過是一套劍法的圖譜。小人師兄弟只因這是本門功夫，才十分重視，在外人看來，那也是不足一哂的了。」

狄雲聽出他言不由衷，當下也不點破，又問：「聽說那大屋的所在，本來是你師弟戚老前輩所住的。這位戚前輩外號叫作『鐵鎖橫江』，那是甚麼意思？」他自幼跟師父長大，見師父實是個忠厚老實的鄉下人，但丁典卻說他十分工於心計，是以要再問一問，到底丁典的話是否傳聞有誤。

言達平道：「我師弟戚長發外號叫作『鐵鎖橫江』，那是人家說他計謀多端，對付人很辣手，就像一條大鐵鍊鎖住了江面，叫江中船隻上又上不得、下又下不得的意思。」狄雲心中一陣難過，暗道：「丁大哥的話沒錯，我師父竟是這樣的人物，他始終不向我顯示本來面目。不過，不過他一直待我很好，騙了我也沒甚麼。」心中仍然存著一線希望，又道：「江湖上這種外號，也未必靠得住，或許是戚師傅的仇人給他取的。你和令師弟同門學藝，自然知道他的性情脾氣。到底他性子如何？」

言達平嘆了口氣，道：「非是我要說同門的壞話，恩公既然問起，在下不敢隱瞞半分。我這個戚師弟，樣子似乎是頭木牛蠢馬，心眼兒卻再也靈巧不過。否則那本《連城劍譜》，怎麼會給他得了去呢？」

狄雲點了點頭，隔了半晌，才道：「你怎知那《連城劍譜》確是在他手中？你親眼瞧見了麼？」言達平道：「雖不是親眼瞧見，但小人仔細琢磨，一定是他拿去的。」

狄雲道：「我聽人說，你常愛扮作乞丐，是不是？」言達平又是一驚：「這人好厲害，居然連這件事也知道了。」便道：「恩公信訊靈通，在下的作為，甚麼都瞞不過你。初時在下料得這本《連城劍譜》不是在萬師哥手中，便是在戚師弟手中，因此便喬裝改扮，易容爲丐，在湘西鄂西來往探聽動靜。」

狄雲道：「爲甚麼你料定是在他二人手中？」言達平道：「我恩師臨死之時，將這劍譜交給我師兄弟三人……」狄雲想起丁典所說，那天夜裏長江畔萬、言、戚三人合力謀殺師父梅念笙之事，哼了一聲，道：「是他親手交給你們的嗎？恐怕……恐怕……不見得罷？他是好好死的嗎？」

言達平一躍而起，指著他道：「你……你是……丁……丁典……丁大爺？」丁典安葬梅念笙的訊息後來終於洩露，是以言達平聽得他揭露自己弒師的大罪，便猜想他是丁典。

狄雲淡淡道：「我不是丁典。丁大哥嫉惡如仇。他……他親眼見到你們師兄弟三人合力殺死師父，倘若我是丁大哥，今日就不會救你，讓你死在萬……萬震山的劍下。」

言達平驚疑不定，道：「那麼你是誰？」狄雲道：「你不用管我是誰。若要人不知，除非己莫爲。你們合力殺了師父之後，搶得《連城劍譜》，後來怎樣？」言達平顫聲道：「你既然甚麼都知道了，何必再來問我？」狄雲道：「有些事我知道，有些事我不知。請你老老實實說罷。若有假話，我總會查察得出。」

言達平又驚又怕，說道：「我如何敢欺騙恩公？我師兄弟三人拿到《連城劍譜》之後，一查之下，發覺只有劍譜，沒有劍訣，那仍無用，便跟著去追查劍訣……」狄雲心想：「丁大哥言道，這劍訣和一個大寶藏有關。現下梅念笙、凌小姐、丁大哥都已逝世，世上已無人知道劍訣，你們兀自在作夢。」只聽言達平繼續說道：「我們三個人你不放心我，我不放心你，每天晚上都在一間房睡，這本劍譜，便鎖在一隻鐵盒之中。我們把鐵盒鎖上的鑰匙投入了大江，鐵盒放在房中桌子的抽屜裏，鐵盒上又連著三根小鐵鍊，分繫在三人的手上，只要有誰一動，其餘二人便驚覺了。」

狄雲嘆了口氣，道：「這可防備得周密得很。」言達平道：「那知道還是出了亂子。」狄雲問道：「又出了甚麼亂子？」言達平道：「這一晚我們師兄弟三人在房中睡了一夜，次日清晨，萬震山忽然大叫：『劍譜呢？劍譜呢？』我一驚跳起，只見放鐵盒的抽屜拉開了沒關上，鐵盒的蓋子也打開了，盒中的劍譜已不翼而飛。我們三人大驚之下，拚命的追尋，卻那裏還尋得著？這件事太也奇怪，房中的門窗仍是在內由鐵扣扣著，好端端的沒動，因此劍譜定非外人盜去，不是萬師哥，便是戚師弟下的手了。」

狄雲道：「果眞如此，何不黑夜中開了門窗，裝作是外人下的手？」言達平嘆了口氣，說道：「我們三人的手腕都是用鐵鍊連著的。悄悄起身去開抽屜，開鐵盒，那是可以的，要走遠去開門開窗，鐵鍊就不夠長了。」狄雲道：「原來如此。那你們怎麼辦？」言達平道：「劍譜得來不易，我們當然不肯就此罷休。三個人你怪我，我怪你，大吵了一場，但誰也說不出甚麼證據，只好分道揚鑣……」

狄雲道：「有一件事我想不明白，倒要請教。你們師父既有這樣一本劍譜，遲早總會傳給你們，難道他要帶進棺材裏去不成？何以定要下此毒手？何以要殺了師父來搶這劍譜？」言達平道：「我師父，我師父，唉，他……他是老胡塗了，他認定我們師兄弟三人心術不正，始終不傳我們這劍譜上的劍法，眼看他是在另行物色傳人，甚至於要將本門武功盡數傳於外人。我們三人忍無可忍，迫於無奈，這才……這才下手。」

狄雲道：「原來如此。你後來又怎斷定劍譜是在你戚師弟手中？」

言達平道：「我本來疑心是萬震山盜的，他首先出聲大叫，賊喊捉賊，最是可疑。我暗中跟蹤他，跟得不久，便知不是他。因爲他在跟蹤戚師弟。劍譜倘若是萬震山這廝拿去的，他不會去跟蹤別人，定是立即躲到窮鄉僻壤，或是甚麼深山荒谷中去練了。可是我每次在暗中見到他，總是見他咬牙切齒，神色十分焦躁痛恨，於是我改而去跟蹤戚長發。」

狄雲道：「可尋到甚麼線索？」言達平搖頭道：「這戚長發城府太深，沒半點形跡露了出來。我曾偷看他教徒兒和女兒練劍，他故意裝儍，將出自唐詩的劍招名稱改得狗屁不通，當眞要笑掉旁人大牙。不過他越做作，我越知他路道不對。我一直釘了他三年，他始終沒顯出半分破綻。當他出外之時，我曾數次潛入他家中細細搜尋，可是別說沒連城劍譜，連尋常書本子也沒一本。嘿嘿！這位師弟，當眞是好心計，好本事！」

狄雲道：「後來怎樣？」

言達平道：「後來嘛，萬震山忽然要做壽，派了個弟子來請戚長發到荊州去吃壽酒。當然哪，做壽是假，查探師弟的虛實是眞。戚長發帶了女兒，還有一個傻頭傻腦的弟子叫甚麼狄雲的一塊兒去。酒筵之間，這狄雲和萬家的八個弟子打了起來，露出了三招精妙的劍術，引起了萬震山的疑心……恩公，你說甚麼？」狄雲淒然搖了搖頭。言達平續道：「於是萬震山將戚長發請到書房中去談論，兩人你一言我一語的說翻了臉。戚長發出手將萬震山刺傷，從此不知所蹤。奇怪，眞是奇怪，眞奇怪之極了。」

狄雲道：「甚麼奇怪？」言達平道：「戚長發從此便無影無蹤，不知躲到了何處。戚長發去荊州之時，決不會將盜來的劍譜隨身攜帶，定是埋藏在這裏一處極隱蔽的地方。我本來料想他刺傷萬震山後，一定連夜趕回此間，取了劍譜再行遠走高飛，是以一發生事故，我立即備了快馬，搶先來到這裏等候，瞧他這劍譜放在那裏，以便俟機下手，可是左等右等，他始終沒現身。一過幾年，看來他是永遠不會回來了，我便老實不客氣，在這裏攪他個天翻地覆，想要掘那劍譜出來。可是花了無數心血，半點結果也沒有。若不是恩公出手相救，姓言的今日連性命也送在這裏了。嘿，嘿，我那萬師哥可當眞辣手！」

狄雲道：「照你看來，你那戚師弟現下到了何處？」

言達平搖頭道：「這個我可眞猜想不出了。多半是天網恢恢，疏而不漏，在甚麼地方一病不起，又說不定遇到甚麼意外，給豺狼虎豹吃掉了。」

狄雲見他滿臉幸災樂禍的神氣，顯得十分歡喜，心中大是厭惡，但轉念一想，師父音訊全無，多半確已遭了不幸，便站起身來，說道：「多謝你不加隱瞞，在下要告辭了。」言達平恭恭敬敬的作了三揖，道：「恩公大恩大德，言達平永不敢忘。」

狄雲道：「這種小事，也不必放在心上。何況……何況你從前……你在這裏養傷，那萬震山決計找你不到的，儘管放心好了。」言達平笑道：「這會兒多半他急得便如熱鍋上螞蟻一般，也顧不到來找我了。」狄雲奇道：「爲甚麼？」言達平微笑道：「我那毒蠍傷了他兒子的手，必須連續敷藥十次，方能除盡毒性。只敷一次，有甚麼用？」

狄雲微微一驚，道：「那麼萬圭會性命不保麼？」言達平甚是得意，道：「這種花斑毒蠍，當眞非同小可，那是西域回疆傳來的異種，妙在這萬圭不會一時便死，要他呼號呻吟足足一個月，這才了帳。哈哈，妙極，妙極！」

狄雲道：「要一個月才死，那就不要緊了，他去請到良醫，總有解毒的法子。」

言達平道：「恩公有所不知。這種毒蠍是我自己養大的，自幼便餵牠服食各種解藥，蠍子習於解藥的藥性，尋常解藥用將上去便全無效驗，任他醫道再高明的醫生，也只是用治毒蟲的藥物去解毒，那有屁用？只有一種獨門解藥，是這蠍子沒服食過的，那才有用，世上除我之外，沒第二個知道這解藥的配法。哈哈，哈哈！」

狄雲側目而視，心想：「這個人心腸如此惡毒，當眞可怕！下次說不定我會給他的毒蠍螫中。丁大哥常說，在江湖上行走，害人之心不可有，防人之心不可無。還是問他拿些解藥放在身邊，這叫做有備無患。」便道：「你這瓶解藥，給了我罷！」

言達平道：「是，是！」可是並不當即取出，問道：「恩公要這解藥，不知有甚麼用途？」狄雲道：「你的毒蠍十分厲害，說不定一個不小心我自己碰到了，身邊有一瓶解藥，那就放心些了。」言達平臉色尷尬，陪笑道：「恩公於小人有救命之恩，小人怎敢加害？恩公這是多疑了。」狄雲伸出手去，說道：「備而不用，放在身邊，那也不妨。」言達平道：「是，是！」只得取出解藥，遞了過去。

狄雲下得峯來，又到那座大屋去察看，見屋中衆鄉民早已散去，那管家和工頭也已不知去向，空蕩蕩的再無一人。

狄雲心道：「師父死了，師妹嫁了，這地方我是再也不會來的了。」

走出大屋，沿著溪邊向西北走去。行出數十丈，回頭望去，這時東方太陽剛剛升起，陽光照射在屋前的楊樹、槐樹之上，溪水中泛出點點閃光，這番情景，他從小便看熟了的，不由得又想：「從今而後，這地方我是再也不會來的了。」

他理一理背上的包裹，尋思：「眼下還有一件心事未了，須得將丁大哥的骨灰，送去和凌小姐的遺體合葬，這且去荊州走一遭。萬圭這小子害得我苦，好在惡人自有惡人磨，我也不用親手報仇。言達平說他要呻吟號叫一個月才死，卻不知是眞是假。倘若他命大，醫生給治好了，我還得給他補上一劍，取他狗命。」

自從昨晚見到萬震山與言達平鬥劍，他才對自己的武功有了信心。

狄雲轉開了頭，哈哈大笑，說道：「是我救活了他，哈哈，哈哈！眞好笑，天下還有比我更傻的人嗎？」他縱聲大笑，臉頰上卻流下了兩道眼淚。

十　「唐詩選輯」

湘西和荊州相隔不遠，數日之後，狄雲便到了荊州。這一條路，當年他隨同師父和師妹曾經走過的。山川仍是這樣，道路仍是這樣。當年行走之時，路上滿是戚芳的笑聲。這一次，從麻溪鋪到荊州，他沒聽到一下笑聲。當然有人笑，不過，他沒聽見。

在城外一打聽，知道凌退思仍做著知府。狄雲仍這麼滿臉污泥，掩住了本來面目，走進城去。第一個念頭是：「我要親眼瞧瞧萬圭怎樣受苦。他的毒傷是不是治好了？也不知他是不是已經回來，說不定還留在湖南治傷。」

踱到萬家門口，遠遠望見沈城匆匆從大門中出來，神情顯得很急遽。狄雲心道：「沈城既在這裏，萬圭想來也已回家。一到天黑，我便去探探。」於是走向那個廢園。

廢園離萬家不遠，當日丁典逝世、殺周圻、殺耿天霸、殺馬大鳴，都是在這廢園之中，此番舊地重來，只見遍地荒草如故，遍地瓦礫如故。他走到那株老梅之旁，撫摸凹凹凸凸的樹幹，心道：「那一日丁大哥在這株老梅樹下逝世，梅樹仍然這副模樣，半點也沒變。丁大哥卻已骨化成灰。」

當下坐在梅樹下閉目而睡。睡到二更時分，從懷中取出些乾糧來吃了，出了廢園，逕向萬家而來。繞到萬家後門，越牆而入，到了後花園中，不禁心中酸苦：「那日我身受重傷，躲入柴房。師妹不助我救我，已算得狠心，卻去叫丈夫來殺我。」正要舉步而前，忽見太湖石旁有三點火光閃動。

他立即往樹後一縮，向火光處望去。凝目間，見三點火光是香爐中三枝點燃了的線香。香爐放在一張小几上，几前有兩個人跪著向天磕頭，一會兒站起身來。狄雲看得分明，一個便是戚芳，另一個是小女孩，她的女兒，也是叫做「空心菜」的。

只聽得戚芳輕輕禱祝：「第一炷香，求天老爺保祐我夫君得脫苦難，解腫去毒，不再受這蠍毒侵害的痛楚。空心菜，你說啊，說求求天菩薩保祐爹爹病好。」小女孩道：「是，媽媽，求求天菩薩保祐，叫爹爹不痛痛了，不叫叫了。」狄雲相隔雖然不近，她母女倆的說話卻聽得清清楚楚，得知萬圭中毒後果然仍在受苦，心中既感到幸災樂禍的歡喜，又惱恨戚芳對丈夫如此情義深重。

只聽戚芳說道：「第二炷香，求天老爺保祐我爹爹平安，無災無難，早日歸來。空心菜，你說請天菩薩保祐外公長命百歲。」小女孩道：「是，外公，你快快回來，你爲甚麼不回來啊？」戚芳道：「求天菩薩保祐。」小女孩道：「天菩薩保祐外公，還要保祐爺爺和爹爹。」她從來沒見過戚長發，媽媽要她求禱，她心中記掛的卻是自己的祖父和父親。

戚芳停了片刻，低聲道：「這第三炷香，求天老爺保祐他平安，保祐他如意，保祐他早娶賢妻，早生貴子……」說著聲音哽咽了，伸起衣袖，拭了拭眼淚。小女孩道：「媽媽，你又想起舅舅了。」戚芳道：「你說，求天老爺保祐空心菜舅舅平安……」

狄雲聽她禱祝第三炷香時，正自奇怪：「她在替誰祝告？」忽聽得她說到「空心菜舅舅」五個字，耳中不由得嗡的一聲響，心中只說：「她是在說我？她是在說我？」

那小女孩道：「媽媽記掛空心菜舅舅，天菩薩保祐舅舅恭喜發財，買個大娃娃給我，他是空心菜，我也是空心菜。媽媽，這個空心菜舅舅，到那裏去啦？他怎麼也還不回來？」戚芳道：「空心菜舅舅去了很遠很遠的地方。舅舅拋下你媽不理了，媽卻天天記著他……」說到這裏，抱起女兒，將臉藏在女兒胸前，快步回了進去。

狄雲走到香爐之旁，瞧著那三根閃閃發著微光的香頭，不由得痴了。

他怔怔的站著，三根香燒到了盡頭，都化了灰燼，他還是一動不動的站著。

第二天清晨，狄雲從萬家後園中出來，在荊州城中茫然亂走，忽然聽得嗆啷啷、嗆啷啷的聲音直響，是個走方郎中搖著虎撐在沿街賣藥。狄雲心中一動，他要親眼瞧瞧萬圭呻吟叫喚的慘狀，於是取出十兩銀子，要將他的衣服、藥箱、虎撐一古腦兒都買下來。那郎中很奇怪，這些都不是甚麼貴重東西，最多不過值得三四兩銀子，便高高興興的賣了給他。

狄雲回到廢園，換上郎中的衣服，拿些草藥搗爛了，將汁液塗在臉上，又在左眼下敷了一大塊草藥，弄得面目全非，然後搖著虎撐，來到萬家門前。

他將到萬家門前，便把虎撐嗆啷啷、嗆啷啷的搖得大響，待得走近，嘶啞著嗓子叫道：「專醫疑難雜症，無名腫毒，毒蟲毒蛇咬傷，即刻見功！」

如此來回走得三遍，只見大門中一人匆匆出來，招手道：「喂，郎中先生，你過來，過來。」狄雲認得他是萬門弟子，便是當年削去他五根手指的吳坎。狄雲此刻裝束面貌與昔年大異，吳坎自認他不出。狄雲生怕他聽出自己語音，慢慢踱過去，更加壓低嗓子，說道：「這位爺台有何吩咐，可是身上生了甚麼疑難雜症、無名腫毒？」

吳坎「呸」的一聲，道：「你瞧我像不像生了無名腫毒？喂，我問你，給蠍子螫了，你治不治得好？」狄雲道：「青竹蛇、赤練蛇、金腳帶、鐵鏟頭，天下一等一的毒蛇咬傷了人，在下都藥到傷去。那蠍子嘛，嘿嘿，又算得甚麼一回事？」

吳坎道：「你可別胡吹大氣，這螫人的蠍子卻不是尋常傢伙。荆州城裏的名醫見了個個搖頭，你又治得好了？」狄雲皺眉道：「有這等厲害？天下的蠍子嘛，也不過是灰毛蠍、黑白蠍、金錢蠍、痲頭蠍、紅尾蠍、落地咬娘蠍、白腳蠍……」他信口胡說，連說了二十來種，才道：「每種蠍子毒性不同，各有各的治法，就算是名醫，若不是眞有本事的，也未必懂得周全。」

吳坎見他形貌醜陋，衣衫襤褸，雖然說了許多蠍子的名目，但結結巴巴，口齒不清，料想也沒甚麼本事，便道：「旣是如此，你便去瞧瞧罷，反正是死馬當作活馬醫。」狄雲點了點頭，跟他走進萬府。他一跨進門，登時便想起那年跟著師父、師妹前來拜壽的情景，那時候是鄉下少年進城，眼中看出來，甚麼東西都透著華貴新鮮，和師妹兩個東張西望，指指點點；今日再來，門庭依舊，心中卻只感到一陣陣酸苦。他隨著吳坎走過了三處天井，來到東邊樓前。

吳坎仰起了頭，大聲道：「三師嫂，有個草頭郎中，他說會治蠍毒，要不要他來給師哥瞧瞧？」呀的一聲，樓上窗子打開，戚芳從窗中探頭出來，說道：「好啊，多謝吳師弟，你師哥今天痛得更加厲害了，請先生上樓。」吳坎對狄雲道：「你上去罷。」自己卻不跟上去。戚芳道：「吳師弟，你也請上來好啦，幫著瞧瞧。」吳坎道：「是！」這才隨著上樓。

狄雲上得樓來，只見中間靠窗放著一張大書桌，放著筆墨紙硯與十來本書，還有一件縫了一半的小孩衣衫。戚芳從內房迎了出來，臉上不施脂粉，容色頗爲憔悴。狄雲只向她看了一眼，生怕她識得自己，不敢多看，便依言走進房去。只見一張大床上向裏睡著一人，不斷呻吟，正是萬圭。他小女兒坐在床前的一張小櫈上，在給爸爸輕輕搥腿。她見到狄雲污穢古怪的面容，驚呼一聲，忙躲到母親身後。

吳坎道：「我這師哥給毒蠍螫傷了，毒性始終不消，好像有點兒不大對頭。」狄雲道：「嗯，是嗎？」他在門外和吳坎說話時泰然自若，這時見了戚芳，一顆心撲通撲通亂跳，自覺雙頰發燒，唇乾舌燥，再也說不出話來。他走到床前，拍了拍萬圭肩頭。

萬圭慢慢翻身過來，一睜眼看到狄雲的神情，不由得微微一驚。戚芳道：「三哥，這位是吳師弟給你找來的大夫，他……他或許會有靈藥，能治你的傷。」語氣之中，實在對這郎中全無信心。

狄雲一言不發，看了看萬圭腫起的手背，見那手背又是黑黑一團，樣子可怖，嘶啞著嗓子道：「這是湘西沅陵一帶的花斑毒蠍咬的，咱們湖北可沒這種蠍子！」

戚芳和吳坎齊聲道：「是，是，正是在湘西沅陵給螫上的。」戚芳又道：「先生瞧出了蠍子的來歷，定是能治的了？」語音中充滿了指望。

狄雲屈指計算日子，道：「這是晚上咬的，到現在麼，嗯，已有七天七晚了。」

戚芳向吳坎瞧了一眼，說道：「先生眞料事如神，那確是晚上給螫的，到今天已有七天七晚。」狄雲又道：「這位爺台是不是反手一掌，將蠍子打死了？若不是這樣，本來還可有救。現下將蠍子打死在手背上，毒性盡數迫了進去，再要解毒，那就難了。」

戚芳本來聽他連時日都算得極準，料想必有治法，臉上已有喜色，待聽得這麼說，又焦急起來，道：「先生說得明白不過，無論如何，要請你救他性命。」

狄雲這次假扮郎中而進萬家，本意是要親眼見到萬圭痛苦萬狀、呻吟就死的情景，以稍洩心中鬱積的怒氣，若他不死，便要親手殺他報仇，至於救他性命之意，自然半點也沒有。但他從來對戚芳便千依百順，決不違拗她半點，這時聽她如此焦急相求，心中一軟，便想去打開藥箱，取言達平的解藥出來，但隨即轉念：「這萬圭害得我好苦，又奪了我師妹，我不親手殺他，已算客氣之極，如何還能救他性命？」便搖了搖頭，道：「不是我不肯救，實在他中毒太深，又躭擱了日子，毒性入腦，是不能救了。」

戚芳垂下淚來，拉著女兒的手，道：「空心菜，寶寶，你向這位伯伯磕頭，求他救救爹爹的命。」狄雲急忙搖手，道：「不，不用磕頭……」但那女孩很乖，向來聽母親的話，又知父親重傷，心中也很焦急，當即跪在地下，向他咚咚咚的磕頭。狄雲右手五指已失，始終藏在衣袖之中，當即伸出左手，將女孩扶起。只見那女孩起身之時，頸中垂下一個金鎖片來，金片上鐫著四個字：「德容雙茂」。

狄雲一看之下，不由得一呆，想起那日自己在萬家柴房之中昏暈了過去，醒轉時身子已在長江舟中，身邊有些金銀首飾，其中有一片小孩兒的金鎖片，上面也刻著這樣四個字，莫不是……

他只看了一眼，不敢再看，腦海中一片混亂，終於漸漸清晰了起來：「我在萬家柴房中暈倒，若不是師妹相救，更無旁人。從前我疑心她有意害我，但昨晚……昨晚她向天祝禱，吐露心事，她既對我如此情長，當日也決計不會害我。難道，難道老天爺有眼，我經歷了這番艱難困苦之後，和師妹又能再團圓麼？」

他想到「再團圓」三字，心中又怦怦亂跳，側頭向戚芳一瞥，見她滿臉盡是關切之色，目不轉睛的瞧著萬圭，眼中流露出愛憐之極的神氣。

狄雲一見到她這眼色，一顆心登時沉了下去，背脊上一片冰涼，他記得清清楚楚，那日他和萬門八弟子相鬥，給他八人聯手打得鼻青目腫，師妹給他縫補衣衫，眼光中也是這麼愛憐橫溢、柔情無限。現今，她這眼波是給了丈夫啦，再也不會給他了。

「要是我不給解藥，誰也怪不得我。等萬圭痛死了，我夜裏悄悄來帶了她走路，誰能攔得住我？我舊事不提，和她再做……再做夫妻。這女孩兒嘛，我帶了她一起走就是了。唉，不成！師妹這幾年來在萬家做少奶奶，舒服慣了，怎麼又能跟我去耕田放牛？何況，我形容醜陋，識不上幾百個字，手又殘廢了，怎配得上她？她又怎肯跟我走？」

這一自慚形穢，不由得羞愧無地，腦袋低了下去。

戚芳那知道這個草藥郎中心裏，竟在轉著這許許多多念頭，只怔怔的瞧著他，盼他口中吐出兩個字來：「有救！」

萬圭一聲長、一聲短的呻吟，這時蠍毒已侵到腋窩關節，整條手臂和手掌都腫得痛楚難當。

戚芳等了良久，不見狄雲作聲，又求道：「先生，請你試一試，只要……只要減輕他一些……痛苦，就算……就算……也不怪你。」意思說，既然萬圭這條命保不住了，那麼只求他給止一止痛，就算終於難逃一死，也免得這般受苦。

狄雲「哦」的一聲，從沉思中醒覺過來，霎時間心中一片空蕩蕩地，萬念俱灰，恨不得即刻就死了。他全心全意的愛著這個師妹，但她卻嫁了他的大仇人，還在苦苦哀求自己，叫自己救這仇人。「我寧可是如萬圭這廝，身上受盡苦楚，卻有師妹這般憐惜的瞧著我，就算活不了幾天，那又算得甚麼？」他輕輕吁了口氣，打開藥箱，取出言達平的那瓶解藥，倒了些黑色粉末出來，放上萬圭手背。

吳坎叫道：「啊喲……正……正是這解藥，這……這可有救了。」

狄雲聽得他聲音有異，本來說「這可有救了」五字，該當歡喜才是，可是他語音中卻顯得異常失望，還帶著幾分氣惱，狄雲覺得奇怪，側頭向他瞧了一眼，見他眼中露出十分兇狠惡毒的神色。狄雲更覺奇怪，但想萬門八弟子中沒一個好人。萬震山、言達平他們同門相殘，萬圭與吳坎的交情也未必會好，可是他何以又出來爲萬圭找醫生治病？

萬圭的手背一敷上藥末，過不多時，傷口中便流出黑血來。他痛楚漸減，說道：「多謝大夫，這解藥可用得對了。」戚芳大喜，取過一隻銅盆來接血，只聽得嗒、嗒、嗒一聲聲輕響，血液滴入銅盆之中。戚芳向狄雲連聲稱謝。

吳坎道：「三師嫂，小弟這回可有功了罷？」戚芳道：「是，確要多謝吳師弟才是。」吳坎笑道：「空口說幾聲謝謝，那可不成。」戚芳沒再理他，向狄雲道：「先生貴姓？我們可得重重酬謝。」

狄雲搖頭道：「不用謝了。這蠍毒要連敷十次藥，方能解除。」心中酸楚，但覺世上事事都是苦，說道：「都給了你罷！」將解藥遞過。

戚芳沒料到事情竟這般容易，一時卻不敢便接，說道：「我們向先生買了，不知要多少銀子？」狄雲搖頭道：「送給你的，不用銀子。」

戚芳大喜，雙手接了過來，躬身萬福，深深致謝，道：「先生如此仗義，眞不知該當怎生相謝才好。吳師弟，請你陪這位先生到樓下稍坐。」狄雲道：「不坐了，告辭。」戚芳道：「不，不，不，先生的救命大恩，我們無法報答，一杯水酒，無論如何是要敬你的。先生，你別走啊！」

「你別走啊！」這四個字一鑽入狄雲耳中，他心腸登時軟了，尋思：「我這仇是報不成了，葬了丁大哥後，再也不會到荊州城來。今生今世，不會再和師妹相見了。她要敬我一杯酒，嗯，再多瞧她幾眼，也是好的。」便點了點頭。

酒席便設在樓下的小客堂中，狄雲居中上座，吳坎打橫相陪。戚芳萬分感激這位大夫的恩德，親自上菜。萬府中萬震山等一干人似乎都不在家，其餘的弟子也沒來入席飲酒。

戚芳恭恭敬敬的敬了三杯酒。狄雲接過來都喝乾了，心中一酸，眼眶中充盈了眼淚，知道再也無法支持，再坐得一會，便會露出形跡，當即站起，說道：「酒已足夠，我這可要去了！從今以後，再也不會來了！」戚芳聽他說話不倫不類，但這位郎中本來十分古怪，也不以爲意，說道：「先生，大恩大德，我們無法相謝，這裏一百兩紋銀，請先生路上買酒喝。」說著雙手捧過一包銀子。

狄雲轉開了頭，仰天哈哈大笑，說道：「是我救活了他，是我救活了他，哈哈，哈哈！眞好笑！天下還有比我更傻的人麼？」他縱聲大笑，臉頰上卻流下了兩道眼淚。

戚芳和吳坎見他似瘋似顚，不禁相顧愕然。那小女孩卻道：「伯伯哭了，伯伯哭了！」狄雲心中一驚，生怕露出了馬腳，不敢再和戚芳說話，心道：「從此之後，我是再也不見你了。」伸手入懷，摸出那本從沅陵石洞中取來的夾鞋樣詩集，攏在衣袖之中，垂下袖去悄悄放在椅上，不敢再向戚芳瞧上一眼，頭也不回的去了。

戚芳道：「吳師弟，你給我送送先生。」吳坎道：「好！」跟了出去。

戚芳手中捧著那包銀子，一顆心怦怦亂跳：「這位先生到底是甚麼人？他的笑聲怎地和那人這麼像？唉，我怎麼了？這些日子來，三哥的傷這麼重，我心中卻顛三倒四的，老是想著他……他……他……」隨手將銀子放在桌上，以手支頤，又坐到椅上。

那張椅子是狄雲坐過的，只覺椅上有物，忙站起身來，見是一本黃黃的舊書，封皮上寫著「唐詩選輯」四字。她輕呼一聲，伸手拿起，隨手一翻，書中跌出一張鞋樣，正是自己當年在湘西老家中剪的。她張大了口合不攏來，雙手發抖，又翻過幾頁，見到一對蝴蝶的剪紙花樣。當年和狄雲在山洞中並肩共坐、剪成這對紙蝶時的情景，驀地裏如閃電般映入腦海。她忍不住「啊」的一聲叫了出來，心中只道：「這……這本書從那裏來的？是……是誰帶來的？難道是那郎中先生？」

小女孩見母親神情有異，驚慌起來，連叫：「媽，媽，你……做甚麼？」

戚芳一怔之間，抓起那本書揣入懷中，飛奔出樓，向門外直追出去。她自從嫁作萬家媳婦以來，一直斯斯文文，這般在廳堂間狂奔急馳，那是從來沒有的事。萬家婢僕忽見少奶奶展開輕功，連穿幾個天井，急衝而出，無不驚訝。

戚芳奔到前廳，見吳坎從門外進來，忙問：「那郎中先生呢？」吳坎道：「這人古裏古怪的，一句話不說便走了。三師嫂，你找他幹麼？師哥的傷有反覆麼？」戚芳道：「不，不！」急步奔出大門，四下張望，已不見賣藥郎中的蹤跡。

她在大門外呆立半晌，伸手又從懷中取出舊書翻動，每見到一張鞋樣，一張花樣，少年時種種歡樂情事，便如潮水般湧向心頭，眼淚不禁奪眶而出。

她忽然轉念：「我怎麼這樣傻？公公和三哥他們最近到湘西去見言師叔，說不定無意中闖進了那個山洞，隨手取了這本書來，也是有的。這位郎中先生，怎會和這書有甚相干？」但隨即又想：「不，不！事情那會這麼巧法？那山洞隱秘之極，連爹爹也不知道，世上除我之外，就只師哥他……他一人知道，公公和三哥他們怎找得到？他們是去尋訪言師叔，怎會闖進這山洞去？剛才我擺設酒席之時，明明記得抹過這張椅子，那裏有甚麼書本？這本書若不是那郎中帶來，卻是從那裏來的？」

她滿腹疑雲，慢慢回到房中，見萬圭敷了傷藥之後，精神已好得多了。她手中握著那本書，便想詢問丈夫，但轉念一想：「且莫莽撞，倘若那郎中……那郎中……」

萬圭道：「芳妹，這位郎中先生眞是我的救命恩人，須得好好酬謝他才是。」戚芳道：「是啊，我送他一百兩銀子，他又不肯受，眞是一位江湖異人。這瓶解藥……咦，解藥呢？是你收了起來麼？」賣藥郎中將解藥交了給她之後，她便放在萬圭床前桌上，這時卻已不見。萬圭道：「沒有，不在桌上麼？」

戚芳在桌上、床邊、梳妝檯、椅子、箱櫃、床底、桌底各處尋找，解藥竟影蹤不見。她心中大急：「難道我適才神智不定，奔出去時落在地下了？」說道：「我記得清清楚楚，是放在桌上這隻藥碗邊的。」萬圭也很焦急，道：「你快再找找，怎麼會不見的？我剛才合了一忽兒眼，臨睡著的時候，記得還看到這瓷瓶兒便在桌上。」

他這麼一說，戚芳更加著急了，轉身出房，拉著女兒問道：「剛才媽出去時，有誰進來過了？」小女孩道：「吳叔叔上來過，他見爹爹睡著了，就下去啦！」

戚芳吁了一口長氣，隱隱知道事情不對，但萬圭正在病中，不能令他擔憂，說道：「空心菜，你陪著爹爹，說媽媽去向郎中先生再買一瓶藥，給爹爹醫傷。」小女孩點點頭，道：「媽，你快回來。」

戚芳定了定神，拉開書桌抽屜，取出一柄匕首，貼身藏著，慢慢走下樓去，尋思：「吳坎這廝在沒人之處見到我，總是賊忒嘻嘻的不懷好意。這郎中是他請來的，莫非他和郎中串通了，安排下陰謀詭計？否則爲甚麼那郎中既不要錢，解藥又不見了？」

她一面思索，一面走向後園，到得迴廊，只見吳坎倚著欄干，在瞧池裏的金魚。戚芳道：「吳師弟，你一個人在這裏？」吳坎回過頭來，滿臉眉花眼笑，道：「我道是誰，原來是三師嫂。怎麼不在樓上陪伴三師哥，好興致到這裏來？」戚芳嘆了口氣，道：「唉，我悶得很。整天陪著個病人，你師哥手上痛得狠了，脾氣就越來越壞。不出來散散心，找個人說話解悶兒，可把人也慤死了。」吳坎一聽，當眞喜出望外，笑道：「三師哥也眞叫做人心不足蛇呑象，有你這樣如花似玉的一個美人兒相伴，還要發脾氣，那可也太難侍候了。」

戚芳走到他身邊，也靠在欄干上，望著池中金魚，笑道：「師嫂是老太婆啦，還說甚麼如花似玉，也不怕人笑歪了嘴。」吳坎忙道：「那裏？那裏？師嫂做閨女時有閨女的美貌，做少奶奶時有少奶奶的俊俏。大家都說：荊州城裏一朶花，千嬌百媚在萬家。」

戚芳嘿的一聲，轉過身來，伸出手去，說道：「拿來！」

吳坎笑道：「拿甚麼？」戚芳道：「解藥！」吳坎搖頭道：「甚麼解藥？治萬師哥傷的麼？」戚芳道：「正是，明明是你拿去了。」吳坎狡獪微笑，道：「郎中是我請來的，解藥是我尋來的。萬師哥已敷過一次，少說也可免了數日的痛苦。」戚芳道：「郎中先生說道要連敷十次。」吳坎搖頭道：「我懊悔得緊。」戚芳道：「懊悔甚麼？」吳坎道：「我見這草藥郎中污穢骯髒，就像叫化子一般，料想也沒甚麼本事，這才引他上樓，不過想找個事端，多見你一次，沒想到這狗殺才誤打誤撞，居然有治蠍毒的妙藥。這個，那可大違我本意了。」

戚芳聽得心頭火上衝，可是藥在人家手中，只有先將解藥騙到了手，再跟他算帳，強忍怒氣，笑道：「依你說，要你師哥怎麼謝你，你才肯交出解藥？」

吳坎嘆了口氣，道：「三師哥獨享了這許多年艷福，早就該死了。」戚芳臉上變色，咬住嘴唇皮不語。吳坎道：「那年你到荊州來，我們師兄弟八人，哪一個不是一見了你便神魂顛倒？狄雲那傻小子一天到晚跟在你身邊，我們只瞧得人人心裏好生有氣，大夥兒一合計，先去打他個頭崩額裂再說……」戚芳道：「原來你們打我師哥，還是爲了我哪！」

吳坎笑道：「大家嘴裏說的，自然是另外一套啦，說他強行出頭，去鬥那大盜呂通，削了萬門弟子的面子。其實人人心中，可都是爲了師嫂你啊！你跟他補衣服，說體己話兒，這門子親熱的勁兒，我們師兄弟八人瞧在眼裏，惱在心裏，哪一個不是大喝乾醋，只喝得三十二隻牙齒隻隻都酸壞了。」

戚芳暗暗心驚：「難道這還是因我起禍？三哥，三哥，你怎麼從來都不跟我說？」臉上仍假裝漫不在乎，笑道：「吳師弟，你這可來說笑了。那時我是個鄉下姑娘，村裏村氣的，打扮得笑死人啦，又有甚麼好看？」吳坎道：「不，不！眞美人兒用得著甚麼打扮？你若不是引得大夥兒失魂落魄，這個……」說到這裏，突然住嘴，不再說下去了。

戚芳道：「甚麼？」吳坎道：「我們把你留在萬家，我姓吳的也出過不少力氣。可是，師嫂，你平時見了我笑也不笑，這不叫人心中憤憤不平麼？」戚芳呸了一聲，道：

「我留在萬家，嫁給你萬師哥，是我自己心甘情願。你又出過甚麼力氣了？那時候你又沒來勸我一言半語，可眞胡說八道！」吳坎搖頭笑道：「我……我怎麼沒出力氣？你不知道罷了。」

戚芳更是心驚，柔聲道：「吳師弟，你跟我說，你出了甚麼力氣，師嫂決忘不了你的好處。」吳坎搖頭道：「陳年舊事，還提它作甚？你知道了也沒用，咱們只說新鮮的。」戚芳道：「好罷，你不肯說就算了。快給我解藥，要是有人撞見咱二人在這裏，可不大妥當。」吳坎笑道：「白天有人撞見，晚上這裏可沒人。」戚芳退後一步，臉如寒霜，厲聲道：「你說甚麼？」吳坎笑道：「你要治好萬師哥的傷，那也不難。今晚三更，我在那邊柴房裏等你，你若一切順我的意，我便給你敷治一次的藥量。」

戚芳咬牙罵道：「狗賊，你膽敢說這種話，好大的膽子！」

吳坎沉著嗓子道：「我早把性命豁出去了，這叫做捨得一身剮，敢把皇帝拉下馬。萬圭這小子甚麼地方強過我姓吳的了？只不過他是我師父的兒子，投胎投得好而已。大家出了力氣，爲甚麼讓這臭小子一個兒獨享艷福？」

戚芳聽他連說幾次「出了力氣」，心下起疑，只他污言穢語，可實在聽不下去，說道：「待公公回來，我照實稟告，瞧他不剝了你的皮。」

吳坎道：「我守在這裏不走。師父一叫我，我先將解藥倒在荷花池裏餵了金魚。我問過那個郎中，他說解藥就只這麼一瓶，要再配製，一年半載也配不起。」他一面說，一面從懷中將解藥取了出來，拔開瓶塞，伸手池面，只要手掌微微一側，解藥便倒入池中，萬圭這條命就算是送了。

戚芳急道：「喂，喂，快收起解藥，咱們慢慢商量不遲。」吳坎笑道：「有甚麼好商量的？你要救丈夫性命，就得聽我的話。」戚芳道：「倘若你從前眞的對我有心，出過力氣，那麼……否則的話，我才不來理你呢。」

吳坎大喜，蓋上了瓶塞，說道：「我要是說了實話，你今晚就來和我相會，是不是？」戚芳道：「那也得瞧你說的是眞是假。騙人的話，又有甚麼用？」吳坎道：「千眞萬確，怎會有半點虛假？那是沈師弟想的計策。周師哥和卜師哥假扮採花賊，引得狄雲這傻小子到桃紅房中救人。這傻小子床底下的金器銀器，便是我吳坎親手給他放的。師嫂，我們若不是使這巧計，怎能留得住你在萬府？」

戚芳只覺頭腦暈眩，眼前發黑，吳坎的話猶如一把把利刀扎入她的心中，不禁低呼：「我……我錯怪了你，冤枉了你！」她一直不明白，狄師哥和她自幼一塊兒長大，情深愛重，決不會去看中一個素不相識的女人。難道她挺風騷麼？難道她能獻媚，勾引了他嗎？狄師哥向來忠實，就是一塊糕、一粒糖，也決不隨便拿人家的，人家眞的給他，若不得師父准許，他也不拿，怎麼會去偷盜人家的金銀器皿。難道他突然來到富貴人家，見到這許多金銀財寶，忽然之間貪心大作嗎？

這些疑問，一直在她心中解不開，她雖迫不得已嫁了萬圭，在她內心深處，對這個師哥始終念念不忘。幸好，吳坎解開了她心中的大疑問。

「我……我對不起師哥。我要找到他，跟他說一句『對不起！』我要……要死在他面前！」她身子搖搖晃晃，便欲摔倒，伸手扶住了欄干，說道：「我不信，那有這回事？你編出來騙我的。」聲音甚是苦澀。

吳坎急道：「你不信？好，別的人不能問，你去問桃紅好了，她在後面那破祠堂裏住。問過之後，可千萬不能跟旁人說。我們師兄弟大家賭過咒，這秘密是說甚麼也不能洩漏的。若不是爲了今晚三更，師嫂，爲了你，我吳坎甚麼都甩出去啦！」

戚芳大叫一聲，衝了出去，推開花園後門，向外急奔。

她心亂如痲，一奔出後門，穿過幾座菜園，定了定神，找到了西北角那座小小的破落祠堂，見虛掩著門，便伸手推開了門，走了進去。只見地下厚積了灰塵，桌椅殘破，心想：「公公的妾侍桃紅，怎麼會住在這種地方？吳坎這賊子騙人，莫非……莫非他騙我到這裏來，不懷好意？我還是快回去。」

突然之間，只聽得蹋踏、蹋踏，緩慢的腳步聲響，內堂走出一個女人來。那是個中年丐婦，低頭弓背，披頭散髮，衣服穢污破爛。那丐婦見到有人，吃了一驚，立即轉身回去。她將走進內堂，又轉過臉來瞧了一眼，這一次看清楚了戚芳的相貌，不由得「啊」的一聲驚呼。她倒退了兩步，突然跪倒，說道：「少奶奶，你別說……別說我在這裏。」戚芳大奇，問道：「你是誰？在這裏幹甚麼？」那丐婦道：「不……不幹甚麼？我……我……」說著立刻站起，快步進了內堂。

只聽得腳步聲急，那丐婦從後門匆匆逃了出去。戚芳心想：「這女子不知爲了甚麼事，見了我這等害怕……啊喲，想起來了，她……她便是桃紅！」一想到是她，戚芳三腳兩步，從祠堂大門縱出，踏著瓦礫，搶到後門，伸手從腰間拔出了匕首，喝道：「桃紅，你鬼鬼祟祟的，在這裏幹甚麼？」

那丐婦正是桃紅，聽得戚芳叫出自己名字，已自慌了，待見到她手中持著一把明晃晃的匕首，更加害怕，雙膝發抖，又要跪下，顫聲道：「少奶奶，你……你饒了我。」

戚芳在萬家只和桃紅見了幾次，沒多久就從此不見她面，每一想到狄雲要和這女人捲逃私奔，便心如刀割，是以這女人到了何處，她從來不問。就算有人提起，她也決計不聽，那勢必碰痛她內心最大的創傷。那知她竟會躲在這裏。這祠堂離萬家不遠，但戚芳做了少奶奶之後，事事謹慎，比之在湘西老家做閨女時大不相同，從不在外面亂走，雖曾多次見到這破祠堂的門口，卻從來沒進去過。

桃紅此刻蓬頭垢面，容色憔悴，幾年不見，倒似是老了二十歲一般。吳坎叫戚芳到這祠堂中來找桃紅詢問眞相，她雖當面見到了，但如桃紅若無其事的慢慢走開，她便決計認不出來。

她揚了揚手中匕首，威嚇道：「你躲在這裏幹麼？快跟我說。」

桃紅道：「我……我不幹甚麼。少奶奶，老爺趕了我出來，他說要是見到我就在荊州，便要殺了我。可是……我又沒地方好去，只好躲在這裏討口吃的。少奶奶，除了荊州城，我甚麼地方都不認得，叫我到那裏去？你……你行行好，千萬別跟老爺說。」

戚芳聽她說得可憐，收起了匕首，道：「老爺爲甚麼趕了你出來？怎麼我不知道？」

桃紅垂淚道：「我也不知道老爺爲甚麼忽然不喜歡我了。那個湖南佬……那個姓狄的事，又不是我不好。啊喲，我……我不該說這種話。」

戚芳道：「好罷，你不說，你就跟我見老爺去。」伸出左手，一把抓住了她衣襟。戚芳本性愛潔，桃紅衣襟上滿是污穢油膩，一把抓住，手掌心滑溜溜的極不好受。但她急於要查知狄雲被冤的眞相，便是再骯髒十倍的東西，這當兒也毫不在乎了。

桃紅簌簌發抖，忙道：「我說，我說，少奶奶，你要我說甚麼？」

戚芳道：「狄……狄……那姓狄的事，到底是怎麼？你爲甚麼要跟他逃走？」

桃紅心下驚惶，睜大了眼，一時說不出來。

戚芳凝視著她，心中所感到的害怕，或許比之桃紅更甚十倍。她眞不敢聽桃紅親口說出來的事。如果她說：狄雲當時確是約她私逃，確是來污辱她。那怎麼是好？桃紅一時說不出話，戚芳臉色慘白，一顆心似乎停止了跳動。

終於，桃紅說了：「這……這怪不得我，少爺逼著我做的，叫我牢牢抱住那姓狄的湖南鄉下佬，冤枉他來強姦我，要帶了我逃走。我跟老爺說過的，老爺又不是不信，只吩咐我千萬別說出去，還給了我衣服銀子。可是……可是……我又沒說，老爺卻趕了我出來。」

戚芳又感激，又傷心，又委屈，又憐惜，心中只說：「師哥，是我冤枉了你，我原該知道你對我一片眞心，這可眞苦了你，可眞苦了你！」這時她並不憎恨桃紅，反而有些感謝她，幸虧是她替自己解開了心中的死結。甚至對於吳坎，都有些感激，是他吐露了眞相，是他指點自己到這破祠堂來找桃紅的。

在傷心和淒涼之中，忽然感到了一陣苦澀的甜蜜。雖然嫁了萬圭，但她內心中深深愛著的，始終只是個狄師哥，儘管他臨危變心，儘管他無恥卑鄙，儘管他有千般的不是、萬般的薄倖，但只有他，仍舊是他，才是戚芳嘆息和流淚之時所想念的人。

突然之間，種種苦惱和憎恨，都變成了自悔自傷：「要是我早知道了，便拚著千刀萬剮，也要到獄中救他出來。他吃了這麼多苦，他……他心中怎樣想？」

桃紅偷看戚芳的臉色，顫聲道：「少奶奶，謝謝你，請你放了我走，我就出了荊州城，永不回來了。」戚芳嘆了口氣，道：「老爺為甚麼趕你走？是怕我知道這件事麼？」說著鬆手放開她衣襟，想要給她些銀子，但匆匆出來，身邊並無銀兩。

桃紅見戚芳放開了自己，生怕更有變卦，急急忙忙的便走了，喃喃的道：「老爺晚上見鬼，要砌牆，怎麼怪得我？又……又不是我瞎說。」戚芳追了上去，問道：「甚麼見鬼？砌牆？」桃紅知道說溜了嘴，忙道：「沒甚麼，沒甚麼。喏，老爺夜裏常常見鬼，半夜三更的起來砌牆。」

戚芳見她說話瘋瘋顛顛，心想她給公公趕出家門，日子過得很苦，腦筋也不大清楚了。公公怎麼會半夜三更起來砌牆？家裏從來沒見過公公砌的牆。桃紅生怕她不信，說道：「是假的砌牆，老爺……老爺，半夜三更的，愛做泥水匠。我說了他幾句，老爺就大發脾氣，打得我死去活來的，又趕了我出來，說道再見到我，便打死我……」她嘮嘮叨叨的說個不停，弓著背走了。

戚芳瞧著她後影，心想：「她最多不過大了我十歲，卻變得這副樣子。公公不知為了甚麼要趕她出門？甚麼見鬼砌牆，想是這女人早就顛顛蠢蠢的。唉，為了這樣一個傻女人，師哥苦了一輩子！」想到這裏，不禁怔怔的流下淚來，到後來，索性大聲哭了出來。

她靠在一棵梧桐樹上哭了一場，心頭輕鬆了些，慢慢走回家來。她避開後園，從東面的邊門進去，回到樓上。

萬圭一聽到她上樓的腳步聲，便急著問：「芳妹，解藥找到了沒有？」戚芳走進房去，只見萬圭坐起身子，神色甚是焦急，一隻傷手擱在床邊，手背上黑血慢慢滲出來，過了好一會，才「嗒」的一聲，滴在床邊的那隻銅面盆裏。小女孩伏在爹爹腳邊，早睡熟了。

戚芳聽了吳坎和桃紅的話，本來對萬圭惱怒已極，深恨他用卑鄙手段陷害狄雲。這時看到他憔悴而清秀的臉龐，幾年來的恩愛又令她心腸軟了：「畢竟，三哥是爲了愛我，這才陷害師哥，他使的手段固然陰險毒辣，叫師哥吃足了苦，但終究是爲了愛我。」

萬圭又問：「解藥買到了沒有？」戚芳一時難以決定是否要將吳坎的無恥言語告知丈夫，順口道：「找到了那郎中，給了他銀子，請他即刻買藥材配製。」萬圭吁了口氣，心中登時鬆了，微笑道：「芳妹，我這條命啊，到底是你救的。」

戚芳勉強笑了笑，只覺臉盆中的毒血氣味極是刺鼻，於是端過一隻青瓷痰盂來接血，將銅盆端了出去。只走出兩步，毒血的氣息直衝上來，頭腦中一陣暈眩，心道：「這蠍毒這麼厲害！」快步走到外房，將臉盆放在桌邊地下，轉過身來，伸手入懷去取手帕，要掩住了鼻子，再去倒血。

她手一入懷，便碰到了那本唐詩，一怔之下，一顆心又怦怦跳了起來，摸出這本舊書，坐在桌邊，一頁頁的翻過去。她記得淸淸楚楚，那日翻檢舊衣，從箱子底下的舊衣服中見到了這本書，爹爹西瓜大的字識不上幾擔，不知從那裏拾了這本書來，她剛好剪了兩個繡花樣兒，順手便夾在書裏。那天下午和狄師哥一齊去山洞，便將這本書帶了去，以後就一直留在那邊。怎麼會到了這裏？是狄師哥叫這位郎中送來的麼？

「這郎中……莫非……他……他右手的五根手指都給吳坎削去了。這郎中……這郎中……爲甚麼？爲甚麼他……他的右手始終不伸出來？」突然之間，她想起了這件事。她凝神回想那郎中扶起女兒，回想他開藥箱、取藥瓶、拔瓶塞、倒藥末的情景，回想他接了自己送過去的酒杯，將酒杯送到唇邊喝乾，這許多事情，似乎都是用一隻左手來做的，只不過當時沒留心，實在記不眞切。

「難道，他就是師哥？怎麼相貌一點也不像？」她心煩意亂，忍不住悲從中來，眼淚一滴滴的都流在手中那本書上。

淚水滴到書頁之上，滴在那兩隻用花紙剪的蝴蝶上，這是「梁山伯和祝英台」，他們要死了之後，才得團圓……

萬圭在隔房說道：「芳妹，我悶得慌，要起來走走。」但戚芳沉浸在回憶之中，沒聽見。她在想：「那天他打死了一隻蝴蝶，將一對情郎情妹拆散了。是不是老天爺因此罰他受苦受難……」

突然之間，背後一個聲音驚叫起來：「這……這是……連……連城劍譜！」

戚芳吃了一驚，一回頭，只見萬圭滿臉喜悅之色，興奮異常的道：「芳妹，芳妹，你從那裏得來了這本書？你瞧，啊，原來是這樣，對了，是這樣！」他雙手按住了那本《唐詩選輯》，只見在一首題目寫著「聖果寺」的詩旁，現出「三十三」三個淡黃色的字來，這幾行字上，濺著戚芳的淚水。

萬圭大喜之下，忘了克制，叫道：「秘密在這裏了，原來要打濕了，才有字跡出現！妙極，妙極！一定是這本書。空心菜，空心菜！」他大聲叫嚷，將女兒叫醒，說道：「空心菜快去請爺爺來，說有要緊事情。」小女孩答應著去了。

萬圭緊緊按著那本詩集，忘了手上的痛楚，只是說：「一定是的，不錯，爹爹說那劍譜充作是《唐詩選輯》，那還不是？他們就是揣摸不出這中間的秘密。原來要弄濕書頁，秘密才顯了出來。」

他這麼又喜又跳的叫嚷，戚芳已然明白了大半，心想：「這就是爹爹和公公所爭的甚麼《連城劍譜》？這麼說來，原來是爹爹得了去，我不知好歹，拿來夾了鞋樣。爹爹不見了這本書，怎麼不找？嗯，想來一定是找過的，找來找去找不到，以為是師伯盜去了。他為甚麼不問我，這真奇了！」

如果是狄雲，這時候就一點也不會奇怪。他知道只因戚長發是個極工心計之人，即使在女兒面前，也不肯透露半點口風。不見了書，拚命的找，找不到，便裝作沒事人一般，暗暗察看，用各種各樣的樣子來偵查試探，看是不是狄雲這小子偷了去？是不是女兒偷了去？只因為戚芳不是「偷」，不會做賊心虛，戚長發自然查不出來。

萬震山從街上回來，正在花廳吃點心，聽得孫女叫喚，還道兒子毒傷有變，一碗豆絲沒吃完，忙放下筷子，抱起孫女，大步來到兒子樓上，一上樓梯便聽見萬圭喜悅的聲音：「天下事情真有這般巧法。芳妹，怎麼你會在書頁上濺了些水？天意，天意！」

萬震山聽到兒子說話的音調，便放了一大半心，舉步踏進房中。

萬圭拿著那本《唐詩選輯》，喜道：「爹，爹，你瞧，這是甚麼？」

萬震山一見到那本薄薄的黃紙書，心中一震，忙將孫女兒放在地下，接過兒子遞來的那本書，一顆心怦怦亂跳。花盡心血找尋了十幾年的《連城劍譜》，終於又出現在眼前。

不錯，正是這本書！他和言達平、戚長發三人聯手合力、謀害師父而搶到的，正是這本書。三個人在客棧之中，翻來覆去的同看這本劍譜。可是這只是一本平平無奇的唐詩，和書坊中出售的《唐詩選輯》完全一模一樣。他師父教過他們一套「唐詩劍法」，以唐詩的詩句作劍招名字，這些詩句在這本書中全有。可是跟傳說中的《連城劍譜》又有甚麼相干？

師兄弟三人曾拿這本書到太陽光下一頁頁的去照，想發現書中有甚麼夾層；也曾拿書中這幾十首詩順讀、倒讀、橫讀、斜讀，跳一字讀、跳二字讀……想要找出其中所含的大秘密來……然而一切心血全白費了。三人互相猜疑，都怕給人家發現了秘密而自己不知。三人晚上睡覺之時，將書本鎖入鐵盒，鐵盒又用三根小鐵鍊分別繫在三人的腕上。但一天早晨，這本書終於不翼而飛，從此影跡全無。於是十幾年來無窮的勾心鬥角，無盡的探訪尋找。突然之間，這本書又出現在眼前。

萬震山翻到第四頁上，不錯，書頁的左上角撕去了小小的一角，那是他當年偷偷做下的記號，生怕言師弟或是戚師弟用一本同樣的《唐詩選輯》來掉包，而自己卻讓蒙在鼓裏。萬震山又翻到了第十六頁，不錯，當年自己劃的那指甲痕仍在那裏。這是眞本！他點了點頭，強自抑制內心喜悅，對兒子道：「正是這本書。你從那裏得來的？」

萬圭的目光轉向戚芳，問道：「芳妹，這本書那裏來的？」

戚芳自從一見到萬圭的神情，心中所想的只是自己爹爹：「爹爹不知到了那裏？我這不孝的女兒，將他這本書拿到了山洞之中，他這可找得苦了。在爹爹心中，這本書定是非常非常寶貴。不知這本舊書有甚麼用？然而這是我拿了爹爹的，是爹爹的書，決不能給公公強搶了去。」

如果在一天之前，還不知狄雲慘受陷害的內情，對丈夫還是滿腔柔情和體貼，那麼在她心裏，丈夫的份量未必便及不上父親，何況，父親不知那裏去了，不知會不會再回來。現今可不同了。「決不能讓爹爹這本書落入他們手裏。狄師哥去取了書來交給我，要我交還爹爹，當然不能給他們搶了去。不但爲了爹爹，也爲了狄師哥！」

當萬圭問她「這本書那裏來的」之時，她心中只是在想：「怎樣將書奪回來？」書是在公公手裏。萬震山武功卓絕，何況丈夫便在旁邊，硬奪是不成的。她心中飛快的在轉念頭，眼珠骨溜溜的轉動。

她看到了書桌旁那隻銅盆，盆中盛著半盆血水，那是萬圭洗過臉的水，滴了不少他手背上傷口中流出來的毒血。這盆水全成了紫黑色……如果悄悄將書丟進血水之中，他們就找不到了。可是，那本書只怕要浸壞。不過若不乘這時候下手，以後多半再也沒有機會了，寧可將書毀了，也不能讓他們稱心如意……

萬氏父子凝視著戚芳。萬圭又問：「芳妹，這本書那裏來的？」

戚芳一凜，說道：「我也不知道啊，剛才我從房裏出來，便見這本書放在桌上。這不是你的麼？」萬圭一時想不明白，暫時不再追究，一心要將重大的發現說給父親知道：「爹，你瞧，這書頁子一沾濕，便有字跡出來。」他伸出食指，指著〈聖果寺〉那首詩旁淡黃色的三個字：「三十三」。

（如果他知道這是妻子的淚水，是思念狄雲而流的眼淚，他心中怎樣想？）

萬震山伸指點著那首詩，一個字一個字數下去：「路自中峯上，盤回出壁蘿。到江吳地盡，隔岸越山多。古木叢青靄，遙天浸白波。下方城……」第三十三字，那是個「城」字！

萬震山一拍大腿，說道：「對啦，正是這個法子！原來秘密在此。圭兒，你眞聰明，虧你想到了這個道理！要用水，不錯，我們當年就是沒想到要用水！」

（如果他知道這是媳婦的淚水，是思念另一個男人而流的眼淚，他心中怎樣想？）

戚芳見他父子大喜若狂，聚頭探索書中的秘奧，便拉著女兒的手走到內房，將她摟在懷裏，輕聲道：「空心菜，那隻面盆，你瞧見麼？」小女孩點點頭，道：「瞧見的。」戚芳道：「等會爺爺、爹爹和媽媽一起奔出去，媽媽將爺爺手裏那本書放在抽屜裏，你去拿出來，悄悄丟在面盆裏，讓髒水浸著，別給爺爺和爹爹看見，叫他們找不到。」

小女孩大喜，只道媽媽要玩個有趣遊戲，拍掌笑道：「好，好！」戚芳道：「可別讓爺爺和爹爹知道，也別跟他們說！」小女孩道：「空心菜不說，空心菜不說！」

戚芳走到房外，說道：「公公，我覺得這本書很有點古怪。」萬震山轉過身來，問道：「甚麼古怪？」他內心早已隱隱覺得這本書突然出現，來得太過容易，恐怕不是吉兆，媳婦這麼一說，更增他的疑慮。戚芳道：「在這裏！」說著伸出手去。萬震山將書交了給她。

戚芳翻開書頁，取了那兩隻紙剪蝴蝶出來，道：「公公，你這書中，本來就有這兩隻蝴蝶麼？」萬震山將兩隻紙蝴蝶接了過去，細細察看，道：「沒有！」戚芳道：「這是甚麼意思？武林之中，可有那一個人外號叫做『花蝴蝶』甚麼的？江湖上有沒有一個『蝴蝶幫』？他們留下這本書，多半不懷好意。」

江湖人物留記號尋仇示警，原十分尋常。萬震山生平壞事做了不少，仇家衆多，聽了戚芳的話，又見這一對紙蝴蝶剪得十分工細，不禁惕然而驚，尋思：「我有甚麼仇家外號叫做『花蝴蝶』的？有沒有一個『蝴蝶幫』？」

他正自沉吟，忽聽得戚芳喝道：「是誰？鬼鬼祟祟的想幹甚麼？」伸手向窗外屋頂上一指。萬氏父子同時向窗外瞧去。戚芳反身從牆上摘下兩柄長劍，一柄拋給萬震山，一柄拋給萬圭，叫道：「屋上有人！」萬氏父子接住兵刃，戚芳拉開抽屜，將那本唐詩擲了進去，低聲道：「莫給敵人搶了去！」萬氏父子點了點頭。三人齊從窗口躍出，登上瓦面，四下裏一望，不見有人。萬震山道：「到後面瞧瞧！」

三人直奔後院，只見牆角邊人影一晃，萬震山喝道：「是誰？」縱身而前，見那人是六弟子吳坎，問道：「見到敵人沒有？」吳坎見到師父、三師兄、三師嫂仗劍而來，只道事發，嚇得面色慘白，待聽師父如此詢問，心中一寬，忙道：「有人從這邊奔過，弟子趕了過來查問。」他是為自己掩飾，卻正好替戚芳圓了謊。

四人直追到後門之外，吳坎連連唿哨，將孫均、馮坦等都招了來，自是沒發見「敵人」的蹤跡。萬震山和萬圭記掛著《連城劍譜》，命孫均等繼續搜尋敵蹤，招呼了戚芳，回到樓房。萬震山搶開抽屜，伸手去取……

抽屜之中，卻那裏還有這本書在？

萬氏父子這一驚自是非同小可，在書房中到處找尋，又那裏找得到了？問小女孩道：「有沒有人進來過？」小女孩道：「沒有啊！」轉頭向母親眨眨眼睛，十分得意。

萬氏父子明明見到戚芳將書放入抽屜，追敵之時，始終沒離開過她，當然不是她做的手腳。定是敵人施了「調虎離山」之計，盜去了劍譜！

萬氏父子面面相覷，懊喪不已。

戚芳母女你向我眨眨眼，我向你眨眨眼，很是開心。

但見萬震山雙手不住在空中抓下甚麼東西來，隨即整整齊齊的排在一起，倒似是將許多磚塊安放堆疊一般，但月光下看得明白，地板上顯是空無一物。

十一　砌牆

萬門弟子亂了一陣，那追得到甚麼敵人？

萬震山囑咐戚芳，千萬不可將劍譜得而復失之事跟師兄弟們提起。戚芳滿口答允。這些年來，她越來越察覺到，萬門師父徒弟與師兄弟之間，大家各有各的打算，你防著我，我防著你。

萬震山驚怒交集，回到自己房中，只凝思著花蝴蝶的記號。仇人是誰？爲甚麼送了劍譜來？卻又搶了去？是救了言達平的那人嗎？還是言達平自己？

萬圭追逐敵人時一陣奔馳，血行加速，手背上傷口又痛了起來，躺在床上休息，過了一會，便睡著了。

戚芳尋思：「這本書爹爹是有用的，在血水中浸得久了，定會浸壞！」到房中叫了兩聲「三哥」，見他睡得正沉，便出來端起銅盆，到樓下天井中倒去了血水，露出那本書來。她心想：「空心菜眞乖！」臉上露出了笑容。

那本書浸滿了血水，腥臭撲鼻，戚芳不願用手去拿，尋思：「卻藏在那裏好？」想起後園西偏房中一向堆置篩子、鋤頭、石臼、風扇之類雜物，這時候決計沒人過去，當下在庭中菊花上摘些葉子，遮住了書，就像是捧一盤菊花葉子，來到後園。她走進西偏房，將那書放入煽穀的風扇肚中，心想：「這風扇要到收租穀時才用。藏在這裏，誰也不會找到。」

她端了臉盆，口中輕輕哼著歌兒，裝著沒事人般回來，經過走廊時，忽然牆角邊閃出一人，低聲說道：「今晚三更，我在柴房裏等你，可別忘了！」正是吳坎。

戚芳心中本在擔驚，突然見他閃了出來說這幾句話，一顆心跳得更是厲害，啐道：「沒好死的，狗膽子這麼大，連命也不要了？」吳坎涎著臉道：「我為你送了性命，當眞是心甘情願。師嫂，你要不要解藥？」戚芳咬著牙齒，左手伸入懷中，握住匕首的柄，便想出其不意的拔出匕首，給他一下子，將解藥奪過。

吳坎笑嘻嘻的低聲道：「你若使一招『山從人面起』，挺刀向我刺來，我用一招『雲傍馬頭生』避開，隨手這麼一揚，將解藥摔入了這口水缸。」說著伸出手來，掌中便是那瓶解藥。他怕戚芳來奪，跟著退了兩步。

戚芳心知用強不能奪到，側身便從他身邊走過。

吳坎低聲道：「我只等你到三更，你三更不來，四更上我便帶解藥走了，高飛遠走，再也不回荊州了。姓吳的就是要死，也不能死在萬家父子手下。」

戚芳回到房中，只聽得萬圭不住呻吟，顯是蠍毒又發作起來。她坐在床邊，尋思：「他毒害狄師哥，手段卑鄙之極，可是大錯已經鑄成，又有甚麼法子？那是師哥命苦，也是我命苦。他這幾年來待我很好，我是嫁鷄隨鷄，這一輩子總是跟著他做夫妻了。吳坎這狗賊這般可惡，怎麼奪到他的解藥才好？」見萬圭容色憔悴，雙目深陷，心想：「三哥傷重，若跟他說了，他一怒之下去跟吳坎拚命，只有把事兒弄糟。」

天色漸黑，戚芳胡亂吃了晚飯，安頓女兒睡了，想來想去，只有去告知公公，料想他老謀深算，必有善策。這件事不能讓丈夫知道，要等他熟睡了，再去跟公公說。戚芳和衣躺在萬圭腳邊。這幾日來服侍丈夫，她始終衣不解帶，沒好好睡過一晚。直等到萬圭鼻息沉酣，她悄悄起來，下得樓去，來到萬震山屋外。

屋裏燈火已熄，卻傳出一陣陣奇怪的聲音來，「嘿，嘿，嘿！」似乎有人在大費力氣的做甚麼辛苦勞作。戚芳甚覺奇怪，本已到了口邊的一句「公公」又縮了回去，從窗縫中向房內張去。其時月光斜照，透過窗紙，映進房中，只見萬震山仰臥在床，雙手緩緩的向空中力推，雙眼卻緊緊閉著。

戚芳心道：「原來公公在練高深內功。練內功之時最忌受到外界驚擾，否則極易走火。這時可不能叫他，等他練完了功夫再說。」

只見萬震山雙手空推一陣，緩緩坐起，伸腿下床，向前走了幾步，蹲下身子，凌空伸手去抓甚麼物事。戚芳心想：「公公練的是擒拿手法。」又看得片時，但見萬震山的手勢越來越怪，雙手不住在空中抓下甚麼東西，隨即整整齊齊的排在一起，倒似是將許多磚塊安放堆疊一般，但月光下看得明白，地板上顯是空無一物。

突然之間，她想到了桃紅在破祠堂外說的那句話來：「老爺半夜三更起來砌牆！」可是萬震山這舉動決不是在砌牆，要是說跟牆頭有甚麼關連，那是在拆牆洞。

只見他凌空抓了一會，雙手比了一比，似乎認爲牆洞夠大了，於是雙手作勢在地下捧起一件大物，向空洞中塞了進去。戚芳看得迷惘不已，眼見萬震山仍雙目緊閉，一舉一動決不像是練功，倒似是個啞巴在做戲一般。

戚芳感到一陣恐懼：「是了，公公患了離魂症。聽說生了這病的，睡夢中會起身行走做事。有人不穿衣服在屋頂行走，有人甚至會殺人放火，醒轉之後卻全無所知。」

只見萬震山將空無所有的重物塞入空無所有的牆洞之後，凌空用力推平，然後拾起地下空無所有的磚頭，砌起牆來。不錯，他果眞是在砌牆！滿臉笑容的在砌牆！

戚芳初時看到他這副陰森森的模樣，有些毛骨悚然，待見他確是在作砌牆之狀，心中已有了先入之見，便不怕了，心道：「照桃紅的話說來，公公這離魂症已患得久了。有病之人大都不願給人知道。桃紅和他同房，得知了底細，公公自然要大大不開心。」這麼一來，倒解開了心中一個疑團，明白桃紅何以被逐，又想：「不知他砌牆要砌多久，倘若過了三更，吳坎那廝當眞毀了解藥逃走，那可糟了。」

但見萬震山將拆下來的「磚塊」都砌入了「牆洞」，跟著便刷起「石灰」來，直到「功夫」做得妥妥帖帖，這才臉露微笑，上床安睡。

戚芳心想：「公公忙了這麼一大陣，神思尚未寧定，且讓他歇一歇，我再叫他。」就在這時，卻聽得房門上有人輕輕敲了幾下，跟著有人低聲叫道：「爹爹，爹爹！」正是她丈夫萬圭的聲音。戚芳微微一驚：「怎麼三哥也來了？他來幹甚麼？」

萬震山立即坐起，略一定神，問道：「是圭兒麼？」萬圭道：「是我！」萬震山一躍下床，拔開門閂，放萬圭進來，問道：「得到劍譜的訊息麼？」萬圭叫了聲：「爹！」伸左手握住椅背。月光從紙窗中映射進房，照到他朦朧的身形，似在微微搖晃。戚芳怕自己的影子在窗上給映了出來，縮身窗下，側身傾聽，不敢再看兩人的動靜。

只聽萬圭又叫了聲「爹」，說道：「你兒媳婦……你兒媳婦……原來不是好人。」戚芳一驚：「他爲甚麼這麼說？」只聽萬震山也問：「怎麼啦？小夫妻拌了嘴麼？」萬圭道：「劍譜找到了，是你兒媳婦拿了去。」萬震山喜道：「找到了便好！在那裏？」

戚芳驚奇之極：「怎麼會給他知道的？嗯，多半是空心菜這小傢伙忍不住說了出來。」但萬圭接下去的說話，立即便讓她知道自己猜得不對。萬圭告訴父親：他見戚芳和女兒互使眼色，神情有異，料到必有古怪，便假裝睡著，卻在門縫中察看戚芳的動靜，見她手端銅盆走向後園，他悄悄跟隨，見她將劍譜藏入了後園西偏房一架風扇之中。

戚芳心中嘆息：「苦命的爹爹，這本書終於給公公和三哥得去了。再要想拿回來，那就千難萬難了。好，我認輸，三哥本來比我厲害得多。」

只聽萬震山道：「那好得很啊。咱們去取了出來，你裝作甚麼也不知道，且看她如何。她要是不提，你也就不必說破。我總疑心，這本書到底是那裏來的。只怕……只怕……只怕……」他連說了三個「只怕」，卻不說下去。

萬圭叫道：「爹！」聲音顯得甚是痛苦。萬震山叫道：「怎麼？」萬圭道：「你兒媳婦……兒媳婦盜咱們這本劍譜，原來是爲了……」說到這裏，聲音發顫。萬震山道：「爲了誰？」萬圭道：「原來……是爲了吳坎這狗賊！」

戚芳心頭一陣劇烈震盪，幾乎不相信自己的耳朵，心中只說：「我是爲了爹爹。怎麼說我爲了吳坎？爲了吳坎這狗賊？」

萬震山的語聲中也是充滿了驚奇：「爲了吳坎？」萬圭道：「是！我在後園中見這

賤人藏好劍譜，便遠遠的跟著她，那知道她……她到了迴廊上，竟和吳坎那廝勾勾搭搭，這淫婦……好不要臉！」萬震山沉吟道：「我看她平素為人倒也規矩端正，不像是這樣子的人。你沒瞧錯麼？他二人說些甚麼？」萬圭道：「孩兒怕他們知覺，不敢走得太近，迴廊上沒隱蔽的地方，只有躲在牆角後面。這兩個狗男女說話很輕，沒能完全聽到，可是……可是也聽到了大半。」

萬震山「嗯」了一聲，道：「孩兒，你別氣急。大丈夫何患無妻？咱們既得了劍譜，又查明了這中間的秘密，轉眼便可富甲天下，你便要買一百個姬妾，那也容易得緊。你坐下，慢慢的說！」

只聽得床板格格兩響，萬圭坐到了床上，氣喘喘的道：「那淫婦藏好書本，很是得意，嘴裏居然哼著小曲。那奸夫一見到她，滿臉堆歡，說道：『今晚三更，我在柴房中等你，可別忘了！』的的確確是這幾句話，我聽得清清楚楚的。」萬震山怒道：「那小淫婦又怎麼說？」萬圭道：「她……她說道：『沒好死的，狗膽子這麼大，連命也不要了！』」

戚芳在窗外只聽得心亂如麻：「他……他二人口口聲聲的罵我淫婦，怎……怎麼能如此的冤枉人家？三哥，我是一片為你之心，要奪回解藥，治你之傷。你卻這般辱我，可還有良心沒有？」

只聽萬圭續道：「我……我聽了他們這麼說，心頭火起，恨不得拔劍上前將二人殺了。只是我沒帶劍，又傷後沒力，不能跟他們明爭，當即趕回房去，免得那賊淫婦回房時不見到我，起了疑心。奸夫淫婦以後再說甚麼，我就沒再聽見。」萬震山道：「哼，有其父必有其女，果然一門都是無恥之輩。咱們先去取了劍譜，再到柴房外守候。捉姦捉雙，叫這對狗男女死而無怨！」

萬圭道：「那淫婦戀奸情熱，等不到三更天，早就出去了，這會兒……這會兒……」說著牙齒咬得格格直響。萬震山道：「那麼咱們即刻便去。你拿好了劍，可先別出手，等我斬斷他二人的手足，再由你親手取這雙狗男女的性命。」

只見房門推開，萬震山左手托在萬圭腋下，二人逕奔後園。

戚芳靠在牆上，眼淚撲簌簌的從衣襟上滾下來。她只盼治好丈夫的傷，他卻對自己如此起疑。父親一去不返，狄師哥受了自己的冤枉，現今……現今丈夫又這般對待自己，這樣的日子，怎麼還過得下去？她心中茫然一片，眞不想活了，沒想到去和丈夫理論，沒想到叫吳坎來對質，只全身癱瘓了一般，靠在牆上。

過不多久，只聽得腳步聲響，萬氏父子回到廳上，站定了低聲商議。萬圭道：「爹，怎不就在柴房裏殺了吳坎？」萬震山道：「柴房裏只奸夫一人。那賊淫婦定是得到風聲，先溜走了。既不能捉姦捉雙，咱們是荊州城中的大戶人家，怎能輕易殺人？得了這劍譜之後，咱們在荊州有許許多多的事情要幹，小不忍則亂大謀，可不能胡來！」萬圭道：「難道就這樣罷了不成？孩兒這口氣如何能消？」萬震山道：「要出氣還不容易？咱們用老法子！」萬圭道：「老法子？」

萬震山道：「對付戚長發的老法子！」他頓了一頓，道：「你先回房去，我命人傳集衆弟子，你再和大夥兒一起到我房外來。別惹人疑心。」

戚芳心中本就亂糟糟地沒半點主意，只是想：「到了這步田地，我是不想活了，可是空心菜怎麼辦？誰來照顧她？」忽聽得萬震山說要用「對付戚長發的老法子」對付吳坎，腦袋上便如放上了一塊冰塊，立刻便清醒了：「他們怎樣對付我爹爹了？非查個水落石出不可。公公傳衆弟子到房外邊來，這裏是不能躭了，卻躲到那裏去偷聽？」

只聽得萬圭答應著去了，萬震山走到廳外大聲呼叫僕人掌燈。不多時前廳後廳隱隱傳來人聲，衆弟子和僕人四下裏聚集攏來。戚芳知道只要再過得片刻，立時便有人走經窗外，微一猶豫，當即閃身走進萬震山房中，掀開床帷，便鑽進了床底。床帷低垂至地，若不是有人故意揭開，決不致發現她蹤跡。

她橫臥床底，不久床帷下透進光來，有人點了燈，進來放在房中。她看到萬震山一對穿著雙樑鞋的腳跨進房來，這雙腳移到椅旁，椅子發出輕輕的格喇一聲，是萬震山坐了下來，又聽得他叫僕人關上房門。

大弟子魯坤和五弟子卜垣在沅陵遭言達平傷了左臂、右腿，幸好僅爲骨折，受傷不重，這時雖仍在養傷，但師父緊急招集，仍裹著繃帶、拄著拐杖前來聽命。只聽得魯坤在房外說道：「師父，我們都到齊了，聽你老人家吩咐。」萬震山道：「很好，你先進來！」戚芳見到房門推開，魯坤的一對腳走了進來，房門又再關上。

萬震山道：「有敵人找上咱們來啦，你知不知道？」魯坤道：「是誰？弟子不知。」萬震山道：「這人假扮成個賣藥郎中，今日來過咱們家裏。」戚芳心道：「難道他知道賣藥郎中是誰，那人到底是誰？」魯坤道：「弟子聽吳師弟說起過。師父，這敵人是誰？」萬震山道：「這人喬裝改扮了，我沒親眼見到，摸不準他底細。明兒一早，你到城北一帶去仔細查查。現下你先出去，待會我還有事分派。」魯坤答應了出去。

萬震山逐一叫四弟子孫均、五弟子卜垣進來，說話大致相同，叫孫均到城南一帶查察，叫卜垣到城東一帶查察。吩咐卜垣之時，隨口加上一句：「讓吳坎查訪城西一帶，馮坦和沈城策應報訊。你萬師哥蠍毒傷勢未痊，不能出去了。」卜垣道：「是。」開門出去。

戚芳知道這些話都是故意說給吳坎聽的，好令他不起疑心。只聽得萬震山道：「吳坎進來！」這聲音和召喚魯坤等人之時一模一樣，既不更爲嚴厲，也不特別溫和。

戚芳見房門又打開了，吳坎的右腳跨進門檻之時，有些遲疑，但終於走了進來。這雙腳向著萬震山移了幾步，站住了，戚芳見他的長袍下襬微動，知他心中害怕，正在發抖。

只聽萬震山道：「有敵人找上咱們來啦，你知不知道？」吳坎道：「弟子在門外聽得師父說，便是那個賣藥郎中。這人是弟子叫他來給萬師哥看病的，眞沒想到會是敵人，請師父原諒。」萬震山道：「這人是喬裝改扮了的，你看他不出，也怪不得你。明天一早，你到城西一帶去查查，要是見到了他，務須留神他的動靜。」吳坎道：「是！」

突然之間，萬震山雙腳一動，站了起來，戚芳忍不住伸手揭開床帷一角，向外張去，一看之下，不由得大驚失色，險些失聲叫了起來。

只見萬震山雙手已扼住了吳坎的咽喉，吳坎伸手使勁去扼萬震山的兩手，卻毫無效用。但見吳坎的一對眼睛向外凸出，像金魚一般，越睜越大。萬震山雙手手背上給吳坎的指甲抓出了一道道血痕，但他扼住了吳坎咽喉，說甚麼也不放手。吳坎發不出半點聲音，只身子扭動，過了一會，雙手慢慢張開，垂了下來。戚芳見他舌頭伸了出來，神情可怖，不禁害怕之極。只見吳坎終於不再動彈，萬震山鬆開了手，將他放在椅上，在桌上拿起兩張事先浸濕了的棉紙，貼在他口鼻之上。這麼一來，他再也不能呼吸，也就不能醒轉。

戚芳一顆心怦怦亂跳，尋思：「公公說過，他們是荊州世家，不能隨便殺人，吳坎的父親聽說是本地紳士，決不能就此罷休，這件事可鬧大了。」

便在這時，忽聽得萬震山大聲喝道：「你做的事，快快自己招認了罷，難道還要我動手不成？」戚芳一驚：「原來公公瞧見了我。」可是心中卻也並不驚惶，反而有釋然之感：「死在他手裏也好，反正我是不想活了！」

正要從床底鑽出來，忽聽得吳坎說道：「師父，你……要弟子招認甚麼？」

戚芳一驚非小，怎麼吳坎說起話來，難道他死而復生了？然而明明不是，他斜倚在椅上，動也不動。從床底望上去，看到萬震山的嘴唇在動。「甚麼？是公公在說話，不是吳坎說的。怎麼明明是吳坎的聲音？」只聽得萬震山又大聲道：「招認甚麼？哼，吳坎，你好大膽子，你裏應外合，勾結匪人，想在荊州城裏做一件大案子。」

「師父，弟子做……做甚麼案子？」

這一次戚芳看得清清楚楚了，確是萬震山在學著吳坎的聲音，難爲他學得這麼像。「公公居然有這門學人說話的本領，我可從來不知道，他這麼大聲學吳坎的聲音說話，有甚麼用意？」她隱隱想到了一件事，但那只是朦朦朧朧的一團影子，一點也想不明白，只是內心感到了莫名其妙的恐懼。

只聽得萬震山道：「哼，你當我不知道麼？你帶了那賣藥郎中來到荊州城，這人其實是個江洋大盜，吳坎，你和他勾結，想要闖進……」

「師父……闖進甚麼？」

「要闖進凌知府公館，去盜一份機密公文，是不是？吳坎，你……你還想抵賴？」

「師父，你……你怎知道？師父，請你老人家瞧在弟子平日對你孝順的份上，原諒我這一遭，弟子再也不敢了！」

「吳坎，這樣一件大事，那能就這麼算了？」

戚芳發覺了，萬震山學吳坎的口音，其實並不很像，只是壓低了嗓門，說得十分含糊，每一句話中總是帶上「師父」的稱呼，同時不斷自稱「弟子」，在旁人聽來，自然會當是吳坎在說話。何況，大家眼見吳坎走進房來，聽到他和萬震山說話，接著再說之時，聲音雖然不像，但除了吳坎之外，又怎會另有別人？而且萬震山的話中，又時時叫他「吳坎」。

只見萬震山輕輕托起吳坎的屍體，慢慢彎下腰來，左手掀開了床幔。戚芳嚇得一顆心幾乎停止了跳動：「公公定然發見了我，這一下他非扼死我不可了！」燈光朦朧之下，只見一個腦袋從床底下鑽了進來，那是吳坎的腦袋，眼睛睜得大大地，真像是死金魚的頭。戚芳只有拚命向旁避讓，但吳坎的屍身不住擠進來，碰到了她的腿，又碰到了她的腰。

只聽萬震山坐回椅上，厲聲喝道：「吳坎，你還不跪下？我綁了你去見凌知府。饒與不饒，是他的事，我可做不了主。」

「師父，你當眞不能饒恕弟子麼？」

「調教出這樣的弟子來，萬家的顏面也給你丟光了，我……我還能饒你？」

戚芳從床帷縫中張望，見萬震山從腰間拔出一柄匕首來，輕輕插入了自己胸膛。他胸口衣內顯然墊著軟木、濕泥、麵餅之類的東西，匕首插了進去，便即留著不動。

戚芳心中剛有些明白，便聽得萬震山大聲道：「吳坎，你還不跪下！」跟著壓低嗓子學著吳坎的聲音道：「師父，這是你逼我的，須怪不得弟子！」萬震山大叫一聲：「哎喲！」飛起一腿，踢開了窗子，叫道：「小賊，你……你竟敢行兇！」

只聽得砰的一聲響，有人踢開房門，萬圭當先搶進（他知道該當這時候破門而入），魯坤、孫均等衆弟子跟著進來。萬震山按住胸口，手指間鮮血涔涔流下（多半手中拿著一小瓶紅水），他搖搖晃晃，指著窗口，叫道：「吳坎這賊……刺了我一刀，逃走了！快……快追！」說了這幾句，身子一斜，倒在床上。

萬圭驚叫：「爹爹，你傷得怎樣？」魯坤、孫均、卜垣、馮坦、沈城五人或躍出窗子，或走出房門，大呼小叫的追了出去。府中前前後後，許多人驚呼叫嚷。

戚芳伏在床底，只覺得吳坎的屍身越來越冷。她心中害怕之極，可是一動也不敢動。公公躺在床上，丈夫站在床前。

只聽得萬震山低聲問道：「有人起疑沒有？」萬圭道：「沒有，爹，你裝得眞像。便如殺戚長發那樣，沒半點破綻。」

「便如殺戚長發那樣，沒半點破綻！」這句話像一把鋒利的匕首，刺入了戚芳心中。她本已隱隱約約想到了這件大恐怖事，但她決計不敢相信。「公公一直對我和顏悅色，丈夫向來溫柔體貼，怎麼會殺害了我爹爹？」但這一次她是親眼看見了，他們布置了這樣一個巧妙機關，殺了吳坎。那日她在書房外聽到「父親和萬震山爭吵」，見到「萬震山被父親刺了一刀」，見到「父親越窗逃走」，顯然，那也是萬震山布置的機關，一模一樣。在那時候，父親早已給他害死了，他……他學著父親的口音，怪不得父親當時的話聲嘶啞，和平時大異。如果不是陰差陽錯，這一次她伏在床底，親眼見到了這場慘劇，卻如何能猜想得透？

只聽得萬圭道：「那賤人怎樣？咱們怎能放過了她？」萬震山道：「慢慢再找到她來炮製便是。這可要做得人不知、鬼不覺，別敗壞了萬家門風，壞了我父子名聲。」萬圭道：「是，爹爹想得眞周到。哎喲……」萬震山道：「怎麼？」萬圭道：「兒子手背上的傷處又痛了起來。」萬震山「嗯」了一聲，他雖計謀多端，對這件事可當眞束手無策。

戚芳慢慢伸出手去，摸到吳坎懷中，那隻小瓷瓶冷冷的便在他衣袋之中。她取了出來，放在自己袋裏，心中淒苦：「三哥，三哥，你只聽到一半說話，便冤枉我跟這賊子有曖昧之事。你不想聽個明白，因此也就沒聽到，這瓶解藥便在他身上。你父親已殺了他，本來只不過舉手之勞，便可將解藥取到，但畢竟你們不知道。」

魯坤一干人追不到吳坎，一個個回來了，一個個到萬震山床前來問候。萬震山袒露了胸膛，布帶從頸中繞到胸前，圍到背後，又繞到頸中。

這一次他受的「傷」沒上次那麼「厲害」，吳坎的武功究竟不及師叔戚長發。這一刀刺得不深，並無大礙。眾弟子都放心了，個個大罵吳坎忘恩負義，都說明天非去找他父親算帳不可，請師父保重，大家退了出去。萬圭坐在床前，陪伴著父親。

戚芳只想找個機會逃了出去，她挨在吳坎的屍體之旁，心中說不出的厭惡，又怕萬氏父子發覺，只是想不出逃走的法子。

萬震山道：「咱們先得處置了屍體，別露出馬腳。」萬圭道：「還是跟料理戚長發一樣麼？」萬震山微一沉吟，道：「還是老法子。」

戚芳淚水滴了下來，心道：「他們怎樣對付我爹爹？」

萬圭道：「就砌在這裏麼？你睡在這裏，恐怕不大好！」萬震山道：「我暫且搬去跟你住。只怕還有麻煩的事。人家怎能輕易將劍譜送到咱們手中？咱爺兒倆須得合力對付。將來發了大財，還怕沒地方住麼？」

戚芳聽到了這一個「砌」字，霎時之間，便如一道閃電在腦中一掠而過，登時明白了：「他……他將我爹爹的屍身砌在牆中，藏屍滅跡，怪不得我爹爹一去之後，始終沒消息。怪不得公公……不，不是公公，怪不得萬震山這奸賊半夜三更起身砌牆。他做了這件壞事，心中不安，得了離魂病，睡夢裏也會起身砌牆。這奸賊……這奸賊居然會心中不安……那才眞奇了。不，他不是心中不安，他是得意洋洋，這砌牆的事，不知不覺的要做了一次又一次……剛才他夢中砌牆，不是一直在微笑麼？」

只聽萬圭道：「爹，到底這劍譜有甚麼好處？你說咱們要發大財，可以富甲天下？難道……難道這不是武功秘訣，卻是金銀財寶？」萬震山道：「當然不是武功秘訣，劍譜中寫的，是一個大寶藏的所在。梅念笙老兒豬油蒙了心，竟要將這劍譜傳給旁人，嘿嘿，這老不死的。圭兒，快，快，將那劍譜去取來。」

萬圭微一遲疑，從懷中掏了那本書出來。原來戚芳一塞入西偏房的風扇之中，萬圭跟著便去取了出來。

萬震山向兒子瞧了一眼，接過書來，一頁頁的翻過去。這部唐詩兩邊連著封皮的幾頁都給血水浸得濕透了，兀自未乾，中間的書頁卻仍是乾的。

萬震山低聲道：「這劍譜咱父子能不能保得住，實在難說。咱們先查知了書中的奧秘，就算再給人奪去，也不打緊了。你拿枝筆來，寫下來好好記著。連城劍法的第一招，出自杜甫的〈春歸〉。」他伸手指沾了唾涎，去濕杜甫那首〈春歸〉詩旁的紙頁，輕輕歡呼了一聲：「是個『四』字！好，『苔徑臨江竹』，第四個字是『江』，你記下了。第二招，仍是杜甫的詩，出自〈重經昭陵〉。」他又沾濕手指，去濕紙頁：「嗯，是『四十一』！」他一個字一個字的數下去：「一五、一十、十五、二十……『陵寢盤空曲，熊羆守翠微』，第四十一個字，那是個『陵』字。『江陵』、『江陵』，妙極，原來果然便在荊州。」

萬圭道：「爹爹，你說小聲些！」萬震山微微一笑，道：「對！不可得意忘形。圭兒，你爹爹一世心血，總算沒白花，這個大秘密，畢竟給咱們找到了！」突然之間，他將書掩上，一拍大腿，低聲道：「敵人爲甚麼將劍譜送到我手裏，我明白啦！」

萬圭道：「那是甚麼緣故？我一直想不透。」

萬震山道：「敵人得了劍譜，推詳不出其中的秘奧，又有甚麼屁用？咱們的連城劍法，每一招的名稱都是一句唐詩，別門別派的人，任他武功通天，卻也不知。這世界上，現今只我和言達平二人，才知第一招是甚麼詩句，第二招又是甚麼詩句。才知道第一個字要到〈春歸〉這首詩中去找，第二個字要到〈重經昭陵〉這首詩中去尋。」

萬圭道：「這連城劍法的名稱，你不是已教了我們嗎？」萬震山道：「次序都是抖亂了的。」萬圭道：「爹，你連我也不教眞的劍法。」萬震山微有尷尬之色，道：「我有八個弟子，大家朝晚都在一起，倘若單單教你，他們定會知覺，那便不妙了。」

萬圭「嗯」了一聲，道：「敵人的陰謀定是這樣。他知道用水濕紙，便有字跡顯出，因此故意將劍譜交給咱們，又故意用水顯出幾個字來，要咱們查出了劍譜裏的秘奧，讓咱們去尋訪寶藏，他就來個『強盜遇著賊爺爺』。」萬震山道：「對了！咱們須得步步提防，別落得一場辛苦，得不到寶藏，連性命也送掉了。」

他又沾濕了手指，去尋第三個字，說道：「劍法第三招，出於處默的〈聖果寺〉，三十三，第三十三字，『下方城郭近，鐘磬雜笙歌』中的『城』字，『江陵城』，對啦，對啦！那還有甚麼可疑心的？咦，怎麼這裏癢得厲害？」他伸右手在左手背上搔了幾下，覺得右手也癢，伸左手去搔了幾下，又看那劍譜，說道：「這第四招，是五十三，嗯，一五、一十、十五……第五十三字是個『南』字，『江陵城南』，哈哈，咦！好癢！」低頭向自己左手上看去，只見手背上長了三條墨痕，微覺驚訝：「今天我又沒寫字，手背上怎麼有黑墨？」只覺雙手手背上越來越癢，一看右手，也是有好幾條縱橫交錯的墨痕。

萬圭「啊」的一聲，道：「爹爹，那……那裏來的？這好像是言達平那廝的花蠍毒。」萬震山給他一言提醒，只覺手上癢得更加厲害了，忍不住伸手又去搔癢。

萬圭叫道：「別搔，是……是你指甲上帶毒過去的。」

萬震山叫道：「啊喲！果眞如此。」登時省悟，道：「那小淫婦將劍譜浸在血水之中，你的血中含有蠍毒……吳坎這小賊，偏不肯爽爽快快的就死，卻在我手上搔了這許多血痕。他媽的，蠍毒傳入了傷口之中，好在不多，諒來也不礙事。啊喲，怎地越來越痛了，哎唷，哎唷。」忍不住大聲呻吟。

萬圭道：「爹，你這蠍毒中得不多，我去舀水來給你洗洗。」萬震山道：「不錯！」大聲叫道：「桃紅，桃紅！打水來！」萬圭眉頭蹙起，心道：「爹爹嚇得胡塗了，桃紅早給他趕走了，這會兒又來叫她。」拿起一隻銅臉盆，快步出房，在天井裏七石缸中舀起一盆天落水，端進來放在桌上。萬震山忙將雙手浸入了清水之中，一陣冰涼，痛癢登減。

那知道萬圭手上所中的蠍毒遇上解藥，流出來的黑血也具劇毒，毒性比之原來的蠍毒只有更加厲害，萬震山手背上給吳坎抓出血痕深入肌理，一碰到這劇毒，實比萬圭中毒更深。他雙手在清水中浸得片時，一盆水已變成了淡墨水一般。墨水由淡轉深，過不多時，變得便如是一盆濃濃的墨汁。

萬氏父子相顧失色。萬震山提起手掌，不禁「啊」的一聲，失聲驚呼，只見兩隻手幾乎腫成了兩個圓球。萬圭道：「啊喲，不好，只怕不能浸水！」

萬震山痛得急了，一腳踢在他腰間，罵道：「你既知不能浸水，怎麼又去舀水來？這不是存心害我麼？」萬圭痛得蹲下身去，道：「我本來不知道，怎麼會來害你？」

戚芳在床底下聽得父子二人爭吵，心中也不知是淒涼，還是體會到了復仇的喜悅。只聽得萬震山只是叫：「怎麼辦？怎麼辦？」萬圭道：「我樓上有些止痛藥，雖不能解毒，卻可止得一時之痛，要不要敷一些？」萬震山道：「好，好，好！快去拿來！」萬圭道：「是否有效，孩兒可就不知，說不定越敷越不對頭，爹爹又要踢我。」萬震山罵道：「王八羔子！這會兒還在不服氣麼？老子生了你出來，踢一腳又有甚麼大不了？快去，快去拿來。」萬圭應道：「是！」轉身出去。

萬震山雙手腫脹難當，手背上的皮膚黑中透亮，全無半點皺紋，便如一個吹脹了的豬尿泡一般，眼看再稍脹大，勢非破裂不可，叫道：「我和你一起去！可……可不能躭擱了。」將劍譜往懷中一揣，奔行如飛，搶出房門，趕在萬圭之前。

戚芳聽得二人遠去，忙從床底爬了出來，自忖：「卻到那裏去好？」霎時間六神無主，只覺茫茫大地，竟沒一處可以安身：「他們害死我爹爹，此仇豈可不報？但這血海深仇，卻如何報法？說到武功、機智，我和公公、三哥實差得太遠，何況他們認定我和吳坎結了私情，一見面就會對我狠下殺手，我又怎能抵擋？眼下只有去……去尋找狄師哥，再作計較。可又不知他在那裏？空心菜呢？我怎能撇下了她？」一想到女兒，當即拔步奔向後樓，決意抱了女兒先行逃走，再想復仇之法。

在她內心，又還不敢十分確定萬氏父子當眞是害死了她父親。萬震山是個心狠手辣之徒，那絕無懷疑，但萬圭呢？對於丈夫的柔情密意，終不能這麼快便決絕的拋卻。

她奔到樓下，聽得萬震山嘶啞的聲音在大叫大嚷，心想：「這麼叫法，要將空心菜吵醒了！」想到女兒會大受驚嚇，便顧不得自身危險，輕輕走上樓去，小心不讓樓梯發出聲息。空心菜睡覺的小房就在她夫妻的臥室之後，只以一層薄板隔開。戚芳溜進小房，臥房中燈光映了進來，只見女兒睜大了眼，早已醒轉，臉上滿是怖色，一見到母親，小嘴一扁，便要哭叫出來。戚芳忙搶上前去，將她摟在懷裏，做個手勢，叫她千萬不可出聲。空心菜既聰明，又聽話，便一聲不響，娘兒倆摟抱著躺在床上。

只聽得萬震山大叫：「不成，不成，這止痛藥越止越痛，須得尋到那草頭郎中，用他的解藥來治。」萬圭道：「是啊，只有那解藥才治得這毒，等天一亮，叫魯大哥他們大夥兒一齊出馬，去尋那郎中。我手上的傷口也痛得很。」萬震山怒道：「怎等得到天亮？啊喲，哎唷！受不了啦，受不了啦！」突然間腳下一軟，倒在地下，痛得打滾，叫道：「快，快！拿劍來，將我這雙手砍了！快砍了我的手！」只聽得房中傢具砰嘭翻倒，瓶碗乒乓打碎之聲，響成了一片。

空心菜嚇得緊緊的摟住了媽媽，臉色大變。戚芳伸手輕輕撫慰，卻不敢作聲。

萬圭也十分驚慌，說道：「爹，你……你忍耐一會兒，你的手怎能砍了？咱們快找解藥是正經。」萬震山痛得再難抵受，喝道：「你為甚麼不砍去我雙手，除我痛楚？啊，我知道了，你……你想我快快死了，好獨吞劍譜，想獨自個去尋寶藏……」

萬圭怒道：「爹，你痛得神智不清了，快上床睡一忽兒。我又不知劍招的次序，得了劍譜又有甚麼用？」萬震山不斷在地下打滾，道：「你說我神智不清，你自己就存心不良。我……我痛得要死了……要死了……一拍兩散，大家都得不到。」

突然之間，他紅了雙眼，從懷中掏出劍譜，伸手一頁頁的撕碎。他十根手指腫得便如一根根紅蘿蔔般，動作不靈，但還是撕碎了好幾頁。

萬圭大驚，叫道：「別撕，別撕！」伸手便去搶奪。他抓住了半本劍譜，萬震山卻抓住了另一半，牢不放手。那劍譜在血水中浸過，迄未乾透，霉霉爛爛的，兩人這麼一拉扯，登時撕成兩半。萬圭呆了一呆，萬震山又去撕扯。萬圭不甘心讓這已經到手的寶藏化作過眼雲煙，忙伸手推開父親。兩人在地下你搶我奪，翻翻滾滾，將劍譜撕得更加碎了。

突然間聽得萬圭長聲驚呼：「哎唷……糟了……我傷口中又進了毒，啊喲，好痛！」

兩人這麼你拉我扯，劍譜上的毒質沾進了萬圭手背上原來的傷口。片刻之間，萬圭手背又高高腫起，劇痛椎心穿骨。他久病之後，耐力甚弱，毒素一入傷口，隨血上行，發作迅速。父子二人在樓板上滾來滾去，慘呼號叫。

戚芳聽了一會，究竟夫妻情重，再也不能置之不理，從床上站起身來，走到門口，冷冷的道：「怎麼啦？兩個在幹甚麼？」

萬氏父子見到戚芳，劇痛之際，再也沒心情憤怒。萬圭叫道：「芳妹，快去找那草頭郎中，請他快配解藥，哎唷，哎唷……實在……實在痛得熬不住了，求求你……」

戚芳見他痛得滿頭大汗的模樣，心更加軟了，從懷中取出瓷瓶，道：「這是解藥！」萬震山和萬圭一見瓷瓶，同時掙扎著爬起，齊道：「好極，好極！快，快給我敷上。」

戚芳見萬震山目光兇狠貪婪，有如野獸，心想若不乘此要挾，如何能查明眞相，便道：「慢著，不許動！誰要動上一動，我便將解藥拋出窗外，投入水缸，大家都死！」說著推開窗子，拔開瓷瓶的瓶塞，將解藥懸在窗外，只須手一鬆，瓷瓶落水，再也無用了。

萬氏父子當即不動，我瞧瞧你，你瞧瞧我。萬震山忽道：「好媳婦，你將解藥給我，我讓你跟了吳坎，遠走高飛，決不阻攔，另外再送你一千兩銀子，讓你二人過長遠日子……哎唷，好痛……既然你心有他意，圭兒也留你不住……你……你放心去好了。」戚芳心道：「這人當眞卑鄙無恥，吳坎明明是你親手扼死了，卻還來騙人。」

萬圭也道：「芳妹，我雖捨不得你，但沒有法子，我答應不跟吳坎爲難就是。」

戚芳冷笑一聲，道：「你二人胡塗透頂，還在瞎轉這卑鄙齷齪的念頭。我只問一句話，你們老老實實的回答，我立刻給解藥。」

萬震山道：「是，是，快問，哎唷，啊喲！」

一陣風從窗中颳了進來，吹得滿地紙屑如蝴蝶般飛舞。紙屑是劍譜撕成的，一片片飛出窗外。忽然，一對彩色蝴蝶飛了起來，正是她當年剪的紙蝶，夾在詩集中的。兩隻紙蝶在房中蹁躚起舞，跟著從窗中飛了出去。戚芳心中一酸，想起了當日在石洞中與狄雲歡樂相聚的情景。那時候的世界可有多麼好，天地間沒半點傷心的事。

萬圭連連催促：「快問！甚麼事？我無有不說。」

戚芳一凜，問道：「我爹爹呢？你們把他怎麼了？」

萬震山強笑道：「你問你爹爹的事，我——我也不知道啊。哎唷——我很掛念這位老師弟——哎唷！師兄弟又成了親家，哎唷，好得很啊。」

戚芳沉著臉道：「這當兒再說些假話，更有甚麼用處？我爹爹給你害死了，是不是？害死他的法兒，就跟你們害死吳坎一樣，是不是？你已將他屍身砌入了牆壁，是不是？」戚芳連問三聲「是不是」，萬氏父子這一驚當眞非同小可，沒料想她不但知道自己父親遭害，連吳坎被殺一事也知道了。萬圭顫聲道：「你……你怎知道？」

他說「你怎知道」，便是直承其事。戚芳心中一酸，怒火上衝，便想鬆手將解藥投入窗下的一排七石缸中。萬圭眼見情勢危急，作勢便想撲將上去。萬震山喝道：「圭兒，不可莽撞！」他知道當時情景之下，強搶只有誤事。

忽然間，塌塌塌幾聲，空心菜赤著腳，從小房中奔了出來，叫道：「媽，媽！」要撲入戚芳懷裏。

萬圭靈機一動，伸出左臂，半路上便將女兒抱了過來，右手摸出匕首，對準女兒的天靈蓋，喝道：「好！咱們一家老小，今日便一起死了，我先殺了空心菜再說！」

戚芳大驚，忙叫道：「快放開她，關女兒甚麼事？」

萬圭厲聲道：「反正大家活不成，我先殺了空心菜！」匕首在空中虛刺幾下，便向空心菜頭頂刺落。戚芳道：「不，不！」撲過來搶救，伸手抓住萬圭手腕。

萬震山雖在奇痛徹骨之際，究竟閱歷豐富，見戚芳給引了過來，當即手肘一探，重重撞在她腰間，夾手奪過她手中瓷瓶，忙不迭的倒藥敷上手背。萬圭也伸手去取解藥。戚芳搶過女兒，緊緊摟在懷中。

萬震山飛起一腳，將她踢倒，隨手解下腰帶，將她雙手反縛背後，又將她兩隻腳都綁住了。空心菜大叫：「媽，媽，媽媽！」萬震山反手一記巴掌，打得她暈了過去，但這一掌碰到自己腫起的手背，又大叫一聲：「啊喲！」

那解藥實具靈效，二人敷藥之後，片刻間傷口中便流出血水，疼痛漸減，變為痲癢，再過得一陣，痲癢也漸減弱。父子二人大為放心，知道性命是拾回來了，見到房中的紙片兀自往窗外飛去，兩人同聲大叫：「糟糕！」撲過去攔阻飛舞的紙片。

但地下的紙屑已亂成一團，一大半掉入了窗外的缸中，有的正在盤旋跌落。萬震山叫道：「快，快，快搶！」二人飛步奔下樓去，拚命去抓四散飛舞的碎紙。但數百片碎紙有的飄飄蕩蕩吹出了圍牆，有的隨風高飛上天。二人東奔西突，狀若顛狂，卻那裏又能收集碎片、使得撕碎了的劍譜重歸原狀？

萬震山手上疼痛雖消，心中的傷痛卻難以形容，氣無可消，大聲斥罵兒子：「都是你這小賊，跟我來爭奪甚麼？若不是你跟我拉扯，劍譜怎會扯爛？」萬圭嘆了口氣，不再去追搶碎紙，說道：「孩兒若不攔阻，爹爹早將這劍譜扯得更加爛了。」萬震山道：「放屁！」他心中知道兒子所說是實，但還是不住的呼喝：「放屁，放屁，放屁！」

萬圭道：「好在咱們知道那地方是在江陵城南，再到那本殘破的劍譜中去查查，只要能再找到些線索，未始不能找到那地方。」萬震山精神一振，道：「不錯，那地方是在『江陵城南』……」

忽聽得牆外有個聲音輕輕的道：「江陵城南！」

萬氏父子大吃一驚，一齊躍上牆頭，向外望去，只見兩個人的背影正向小巷中隱沒。萬圭喝道：「馮坦、沈城，站著別動！」

但那兩人既不回頭，也不站住，飛快的走了。萬震山待要下牆追去，萬圭道：「爹，樓上還有……還有那……那淫婦。」萬震山轉念一想，點了點頭。

父子倆回到樓頭，只見小女孩空心菜已醒了過來，抱住了媽媽直哭。戚芳手足被綁，卻在不住安撫女兒。空心菜見到祖父與父親回來，更「哇」的一聲，驚哭起來。

萬震山上前一腳，踢在她屁股之上，罵道：「再哭，一刀剖開你小鬼的肚子。」空心菜嚇得臉都白了，那裏還敢出聲。

萬圭低聲道：「爹，這淫婦甚麼都知道了，可不能留下活口。怎生處置她才是？」萬震山微一沉吟，道：「剛才牆外二人，你看清楚是馮坦、沈城麼？」萬圭道：「正是那二人，錯不了！只怕秘密已經洩漏，他們知道是在江陵城南。」萬震山道：「事不宜遲，須得急速下手。這淫婦麼，跟她父親一般處置便了。」

戚芳早將生死置之度外，只放不下女兒，說道：「三……三哥，我和你夫妻一場，你殺我不打緊，我死之後，你須好好看待空心菜！」

萬圭道：「好！」萬震山道：「斬草除根，豈能留下禍胎？這小女孩精靈古怪，今日之事都給她瞧在眼裏了，怎保得定她不說出來？」萬圭緩緩點了點頭。他很疼愛這個女兒，但父親的話也很對，倘若留下禍胎，將來定有極大後患。

戚芳淚水滾下雙頰，哽咽道：「你……你們好狠心，連……連這個小小女孩兒也不放過嗎？」萬震山道：「塞住她的嘴巴，別讓她叫嚷起來，吵得通天下的人都聽到了！」

戚芳想起女兒難保一命，突然提起嗓子，大叫：「救命，救命！」靜夜之中，這兩聲「救命」劃破了長空，遠遠傳了出去。

萬圭撲到她身上，伸手按住她嘴。戚芳仍大叫：「救命，救命！」只嘴巴給按住了，聲音鬱悶。萬震山在兒子長袍上撕下一塊衣襟，遞給了他，萬圭當即將衣襟塞在戚芳口中。萬震山道：「將她埋在戚長發的墓中，父女同穴，最妙不過。」

萬圭點了點頭，抱起妻子，大踏步下樓。萬震山抱了空心菜。四個人進了書房。

戚芳瞧著書房西壁的那堵白牆，心想：「我爹爹是給老賊葬在這堵牆之中？」

萬震山道：「我來拆牆，你去將吳坎拖來！小心，別給人見到。」萬圭應道：「是！」奔向萬震山的臥室。

萬震山拉開書桌的抽屜，其中鑿子、鎚子、鏟刀等工具一應俱全，他取出來放在牆邊，瞧著那堵白牆，雙手搓了幾下，回頭向戚芳望了一眼，臉上現出十分得意的神情。

戚芳不禁打了個寒噤。萬震山拿起鐵鎚和鑿子，看好了牆上的部位，在兩塊磚頭之間的縫中，將鑿子鑿了進去。鑿裂了一塊磚頭，伸手搖了幾搖，便挖了出來，手法甚是熟練。他挖出一塊磚頭後，拿到鼻子邊嗅了幾嗅。

戚芳見了他挖牆的手法，想起適才見到他離魂病發作時挖牆、推屍、砌牆的情狀，心中已然發毛，待見他去聞嗅夾牆中父親屍體的氣息，害怕、傷心、再加上憤怒，破口大罵：「你這奸賊，無恥的老賊！」只嘴巴給塞住了，只能發出些嗚嗚之聲。

萬震山伸手又去挖第二塊磚頭，突然腳步聲急，萬圭踉蹌搶進，說道：「爹，爹！不好了，吳坎……吳坎……」身子在桌上一撞，嗆啷一聲響，油燈掉在地下，室中登時黑了，只有淡淡的月光從窗紙中透進來。

萬震山道：「吳坎怎樣？大驚小怪的，這般沉不住氣。」萬圭道：「吳坎不見啦！」萬震山罵道：「放屁！怎會不見？」但聲音顫抖，顯然心中懼意甚盛。啪的一聲，手中拿著的一塊磚頭掉下地來。

萬圭道：「我伸手到爹爹的床底下去拉屍體，摸他不到，點了燈火到床底去照，屍體已影蹤全無。爹爹房中帳子背後、箱子後面，到處都找過了，甚麼也沒見到。」萬震山沉吟道：「這……這可奇了。我猜想是馮坦、沈城他們攪的鬼。」萬圭道：「爹，莫非……莫非……吳坎這廝沒死透，閉氣半晌，又活了過來？」萬震山怒道：「放屁，你老子外號叫作『五雲手』，手上功夫何等厲害，難道扼一個徒弟也扼不死？」萬圭道：「是，按理說，吳坎那廝一定給爹爹扼死了，卻不知如何，屍體竟會不見了？難道……

難道……」萬震山道：「難道甚麼？」萬圭道：「難道眞有殭屍？他冤魂不息……」

萬震山喝道：「別胡思亂想了！咱們快處置了這淫婦和這小鬼，再去找吳坎的屍首。事情只怕已鬧穿了，咱父子在荆州城已難以安身。」說著加緊將牆上磚頭一塊塊挖出來。他睡夢中挖磚砌牆，做之已慣，手法熟練，此時雖無燈燭，動作仍十分迅捷。

萬圭應了聲：「是！」拔刀在手，走到戚芳身前，顫聲道：「芳妹，是你對不起我。你死之後，可別怨我！」

戚芳沒法說話，側過身子，用肩頭狠狠撞了他一下。萬氏父子要殺自己，那也罷了，竟連空心菜也不肯饒，狼心狗肺，委實世所罕有。萬圭給她一撞，身子一晃，退後兩步，舉起刀來，罵道：「賊淫婦，死到臨頭，還要放潑！」

便在此時，只聽得格、格、格幾下聲響，書房門緩緩推開。萬圭吃了一驚，轉過頭去，慘淡的月光之下，但見房門推開，卻不見有人進來。

萬震山喝問：「是誰？」房門又格格、格格的響了兩下，仍無人回答。

微光之下，突見門中跳進一個人來。那人直挺挺的移近，一跳一跳的，膝蓋不彎。

萬震山和萬圭驚懼大駭，不自禁的退後了兩步。

只見那人雙眼大睜，舌頭伸出，口鼻流血，正是給萬震山扼死了的吳坎。萬震山和萬圭同聲驚呼：「啊！」戚芳見到這般可怖的情狀，也嚇得一顆心似乎停了跳動。空心菜嚇得將腦袋鑽入母親懷裏，不敢作聲。
吳坎一動也不動，雙臂緩緩抬起，伸向萬震山。萬震山喝道：「吳坎小賊，老子怕……怕……你這殭屍？」抽出刀來，向吳坎頭上劈落。突覺手腕一麻，單刀拿揑不定，嗆啷一聲，掉在地下，跟著腰間一麻，全身便動彈不得。
萬圭早嚇得呆了，見吳坎的殭屍攬倒了父親後，又直著雙臂，緩緩向自己抓來，只想大叫：「吳師弟，吳師弟！饒了我！」可是聲音在喉頭哽住了，無論如何叫不出來，倒退了兩步，腿下一軟，摔倒在地。只見吳坎的右手垂了下來，摸到他臉上，手指冷冰冰地，沒半分暖氣。萬圭嚇得魂飛魄散，差一點就暈了過去。
突然之間，吳坎身子向前一撲，伏在萬圭身上，一動也不動了。
吳坎身後，卻站著一人。
那人走到戚芳身邊，取出她口中塞著的破布，雙手幾下拉扯，便扯斷了綁住她手足的繩子，回過身去，在萬圭腰裏重重踢了一腳，內力到處，萬圭登時全身酸軟。
戚芳先將空心菜抱起，顫聲道：「恩公是誰，救了我性命？」
那人雙手伸出，月光之下，只見他每隻手掌中都有一隻花紙剪成的蝴蝶，正是那本唐詩中夾著的紙蝶，適才飄下樓去時給他拿到了的。戚芳一瞥眼間，見到他右手五根手指全無，失聲叫道：「狄師哥！」

那人正是狄雲，斗然間聽到這一聲「狄師哥！」胸中一熱，忍不住眼淚便要奪眶而出，叫道：「芳妹！菩薩保祐，你……你我今日又再相見！」

戚芳此時正如一葉小舟在茫茫大海中飄行，狂風暴雨交加之下，突然駛進了一個風平浪靜的港口，撲在狄雲懷中，說道：「師哥，這……這……這不是做夢麼？」

狄雲道：「不是做夢，芳妹，這兩晚我都在這裏瞧著。這父子兩人幹的那些傷天害理事情，我全都瞧見了。吳坎的屍體，哼，我是拿來嚇他們一嚇！」

戚芳叫道：「爹爹，爹爹！」放下空心菜，奔到牆洞之前，伸手往洞中摸去，卻摸了個空，「啊」的一聲叫，顫聲道：「沒……沒有！」

狄雲打亮了火摺，到牆洞中去照時，只見夾牆中盡是些泥灰磚石，卻那裏有戚長發的屍體？說道：「這裏沒有，甚麼也沒有。」

戚芳在桌上拿過一個燭台，在狄雲的火摺上點燃了蠟燭，舉起燭台，在夾牆中細細察看，卻那裏有父親的屍體，誰的屍體也沒有。她又驚又喜，心中存了一線希望：「或許，爹爹並沒給他們害死。」轉身向萬圭道：「三……三哥，我爹爹到底怎樣了？」

萬圭和萬震山卻不知她在夾牆中並沒發見屍體，只道她見了父親的遺體，便要動手復仇。萬震山昂然道：「大丈夫一身做事一身當，戚長發是我殺的，你衝著我報仇便是。」戚芳道：「爹爹眞的給你害死了？那麼……他的屍首呢？」萬震山道：「甚麼？

夾牆裏的死人難道不是他？」戚芳道：「這裏有甚麼死人？」萬震山和萬圭面面相覷，臉色慘白，兀自不信。狄雲拉起萬震山，讓他探頭到牆洞中一看。

萬震山顫聲道：「世上眞……眞有會行走的殭屍？我……明明……明明……」忽地改口：「好媳婦，我……我是騙騙你的。咱師兄弟雖然不和，卻也不致於痛下毒手。你怎麼信以爲眞了？哈哈，哈哈！」他平時說謊的本領著實不錯，但這時驚惶之下，張口結舌，說出來的謊話牽強之至，誰也不會相信。要是他倔強挺撞，戚芳和狄雲還存著萬一的希望，他這麼一說，兩人只有更加確信是他害死了戚長發。

狄雲伸掌搭在他肩頭，說道：「萬師伯，你害得我好苦，這一切也不必計較了。我只問你：到底我師父是不是給你害死了？」說著運起「神照經」內功。霎時之間，萬震山全身猶如墮入了一隻大火爐中，似乎連血液也燒得要沸騰起來，片刻也難以抵受，想到戚長發的屍身竟會不知去向，心中驚疑惶恐，亂成一團，已全無抗拒之意，說道：「不……不錯。戚長發是我殺的。」

狄雲又問：「我師父的屍首呢？你到底放在甚麼地方？」萬震山道：「我確是將他砌入了這夾牆之中，是屍變……變了殭屍麼？」

狄雲狠狠的凝視著他，想起這幾年來，自己經歷了無窮無盡的苦難，全是由於他父子的毒害，此刻萬震山又親口承認了殺死他師父，如何不教他怒火攻心？若不是已和戚芳相會，心中畢竟歡喜多過哀傷，立時便要一掌送了他性命。他一咬牙，提起萬震山來，砰的一聲，從那牆孔中擲了進去。萬震山身子大，牆孔小，撞落了幾塊磚頭，這才跌入。

戚芳「啊」的一聲，輕聲低呼。狄雲提起萬圭的身子，又擲入了牆洞，說道：「一報還一報，他父子這般毒害師父，咱們就這般對付他二人。」拾起地下的磚塊，便砌了起來，片刻之間，便將牆洞砌好了。

戚芳顫聲道：「師……師哥，你終於爲爹爹報了這場大仇。若不是你來……師哥，這人的屍體，怎麼辦？」說著指了指吳坎的屍體。

狄雲道：「咱們走罷！這裏的事，再也不用理會了。」戚芳道：「他二人砌在牆中，還沒死，倘若有人來救……」狄雲道：「旁人怎會知道牆內有人？咱們把吳坎的屍體移出去，旁人更加不會到這裏來查察。這兩人在牆裏活不多久的。」當下提起吳坎的屍身，走出書房，向戚芳招手道：「走罷！」

兩人躍出了萬家圍牆，狄雲拋下吳坎屍身，說道：「師妹，咱們到那裏去好？」

戚芳道：「你想爹爹眞的是給他們害死了麼？」狄雲道：「但願師父仍然健在。只是聽萬震山的說話，就怕……就怕師父已經遭難。咱們自該查個水落石出。」

戚芳道：「我得回去拿些東西，你在那邊的破祠堂裏等我一等。」狄雲道：「我陪你一起去好了。」戚芳道：「不，不好！若給人撞見，多不方便。」狄雲道：「我陪著你好些。萬家還有別的弟子，可沒一個是好人。」戚芳道：「不要緊。你抱著空心菜，在那邊等我。」空心菜經了這場驚嚇，抵受不住，早已在媽媽懷中沉沉睡熟。

狄雲向來聽戚芳的話，見她神情堅決，不敢違拗，只得抱過女孩，見戚芳又躍進了萬家，便走向祠堂，推門入內。

過了一頓飯時分，始終不見戚芳回來，狄雲有些擔心了，便想去萬家接她，但生怕她不快，抱著空心菜，在廊下走來走去，想著終於得和師妹相聚，實是說不出的歡喜，但內心深處，卻隱隱又感恐懼；不知師妹許不許我永遠陪著她？心中不住許願：「老天爺保祐，我已吃了這許多苦頭，讓我今後陪著她，保護她，照顧她。我不敢盼望做她丈夫，只要天天能見到她，她每天叫我一聲『空心菜師哥』。老天爺，我這一生一世再也不求你甚麼了。」

突然之間，聽得祠堂長窗內瑟瑟作聲，似乎有人。狄雲一側身，站在窗下不動。過得片刻，長窗呀的一聲推開，有人走了出來。黑暗之中，隱約見到是個披頭散髮的丐婦，狄雲便不在意下，只想：「怎麼芳妹還不回來？」

空心菜在夢中「哇」的一聲，驚哭出來，叫道：「媽媽，媽媽！」

那丐婦大吃一驚，縮在走廊的角落裏，抱住了自己的頭。狄雲輕拍空心菜的肩膀，安撫她道：「別哭，別哭！媽媽就來了！媽媽就來了！」

那丐婦見出聲的是個小女孩，狄雲對她也似無加害之意，膽子大了起來，站起身來，慢慢走近，幫助他安撫空心菜：「寶寶好乖，別哭，媽媽就來了！」她低聲向狄雲道：「一個人睡著了就會見鬼，有人半夜三更起身砌牆頭，不……不……你別問我……」

狄雲問道：「你說甚麼？」那丐婦道：「沒……沒甚麼。老爺趕了我出來。他不要我了。從前，我年輕的時候，他好喜歡我。人家說：一夜夫妻百夜恩，百夜夫妻海樣深……老爺總有一天會叫我回去的。是啊，一夜夫妻百夜恩，百夜夫妻海樣深……」

狄雲心中一動：「師妹對她丈夫，難道就不念舊情麼？」突然間胸口似乎充塞了一股悶氣，頭腦中一陣暈眩，抱著空心菜，便從破祠堂中衝了出去。

他決計猜想不到，這個滿身污穢的丐婦，就是當年誣陷他的桃紅。

地下滾滿了珍珠、寶石、白玉、翡翠……所有的江湖豪客、官吏兵丁，人人都拚命的在搶，有的打了起來，有的撲上了金佛……

十二　連城寶藏

狄雲越牆而入，來到萬家的書房。其時天已黎明，朦朦朧朧之中，見地下躺著一人，依稀便是戚芳。狄雲大驚，忙取火刀火石打了火，點著了桌上的蠟燭，燭光之下，只見戚芳身上全是鮮血，小腹上插了一柄短刀。

她身旁堆滿了磚塊，牆上拆開了一洞，萬氏父子早已不在其內。

狄雲俯身跪在戚芳身邊，叫道：「師妹，師妹！」他嚇得全身發抖，聲音幾乎啞了，伸手去摸戚芳的臉，覺得尚有暖氣，鼻中也還有輕輕呼吸。

他心神稍定，又叫：「師妹！」戚芳緩緩睜開眼來，臉上露出一絲苦笑，說道：「師哥……我……我對不起你。」

狄雲道：「你別說話。我……我來救你。」將空心菜輕輕放在一邊，右手抱住了戚芳身子，左手抓起短刀的刀柄，想要拔了出來。但一瞥之下，見那口刀深深插入她小腹，足有半尺，刀子一拔出，勢必立時送了她性命，便不敢就拔，只急得無計可施，連問：「怎麼辦？怎麼辦？是……是誰害你的？」戚芳苦笑道：「師哥，人家說：一夜夫妻……唉，別說了，我……你別怪我。我忍心不下，來放出了我丈夫……他……他……」

狄雲咬牙道：「他……他……他反而刺了你一刀，是不是？」

戚芳苦笑著點了點頭。

狄雲心中痛如刀絞，眼見戚芳命在頃刻，萬圭這一刀刺得她如此厲害，無論如何是救不活了。在他內心，更有一條妒忌的毒蛇在隱隱的咬嚙：「你……終究是愛你丈夫，寧可自己死了，也要救他。」

戚芳道：「師哥，你答允我，好好照顧空心菜，當是你……你自己的女兒一般。」

狄雲黯然不語，點了點頭，咬牙道：「這賊子……到那裏去啦？」

戚芳眼神散亂，聲音含混，輕輕的道：「那山洞裏，兩隻大蝴蝶飛了進去，梁山伯，祝英台，師哥，你瞧，你瞧！一隻是你，一隻是我。咱們倆……這樣飛來飛去，永遠也不分離，你說好不好？」聲音漸低，呼吸慢慢微弱了下去。

狄雲一手抱著空心菜，一手抱著戚芳的屍身，從萬家圍牆中躍了出來。他本想一把火將萬家的大宅子燒個乾淨，但轉念一想：「這屋子一燒，萬氏父子再也不會回來了，要爲師妹報仇，得讓這宅子留著。」

狄雲奔到當年丁典畢命的廢園中，在梅樹下掘了個坑，將戚芳的屍身埋了，那柄短刀卻收在身邊。他決心要用這柄刀去取萬氏父子的性命。

他傷心得哭不出眼淚來，只是不住自責：「爲甚麼不將這兩個惡賊先打死了，再丟進牆洞？爲甚麼這樣大意，終於害了師妹性命？」他不怪師妹，只怪責自己。

空心菜不住哭叫：「媽媽，媽媽！」叫得他心煩意亂。於是在江陵城外找了一家農家，給了十兩銀子，請一個農婦照管女孩。

他日日夜夜的守候在萬家前後，半個月過去了，沒見到萬氏父子半點蹤跡。奇怪的是，連魯坤、卜垣、孫均、馮坦、沈城等幾人也都失了蹤，不再回到萬家來。萬家的婢僕亂得沒頭蒼蠅一般，有的開始偷東西了，有的在吵嘴打架。

江陵城中，卻有許多武林人物從四面八方聚集攏來。

一天晚上，狄雲聽到了幾個江湖豪客的對話：

「那連城劍訣原來是藏在一部《唐詩選輯》之中，頭上四字是『江陵城南』。」

「是啊，這幾天聞風趕來的著實不少。就是不知這四個字之後是些甚麼字。」

「管他之後是甚麼字？咱們只管守在江陵城南。有人挖出寶藏，給他來個攔路打劫。」

「不錯。就算劫不了，至少也得分上一份。見者有份，還少得了咱哥兒們的麼？」

「嘿嘿！江陵書鋪中這幾天去買《唐詩選輯》的人可眞不少。今兒我走進書鋪，還沒開口，夥計就說：『大爺，您可是要買《唐詩選輯》？這部書我們剛在漢口趕著捎來，要買請早，遲了只怕賣光了。』我很奇怪，問他：『你怎知我要買《唐詩選輯》？』你猜他怎麼說？」

「不知道！他怎麼說？」

「他媽的。那夥計說：『不瞞您老人家說，這幾天身上帶刀帶劍、挺胸凸肚的練把式爺們，來到書鋪子，十個倒有十一個要買這本書。五兩銀子一本，你爺台不合式？』」

「他奶奶的，那有這麼貴的書？」

「你知道書價麼？你買過書沒有？」

「哈哈，老子這一輩子可從沒進過書鋪子的門。書啊書的，老子這一輩子最愛賭錢，買贏就好，買書（輸）可從來不幹。嘿嘿，嘿嘿！」

狄雲心道：「連城劍訣中的秘密可傳出去了，是誰傳出去的？是了，萬氏父子的話給魯坤他們聽了去，萬震山要追查，幾個徒兒卻逃走了。就這樣，知道的人越來越多。」

想起當年與丁典同處獄中之時，也有許多江湖豪士聞風而來，卻都給丁典一一打死了。「嗯，丁大哥的大事還沒辦。丁大哥的事可比我自己報仇要緊。」

凌小姐的父親是荊州府的知府。狄雲到江陵城中最大的棺材鋪、墓碑鋪一打聽，便查知凌小姐的墳葬在江陵東門外十二里的一個小山岡上。

他買了一把鐵鏟，一把鶴嘴鋤，出得東門，不久便找到了墳墓。墓碑上寫著「愛女凌霜華之墓」七字。墓前無花無樹。凌姑娘生前最愛鮮花，她父親竟沒給她種植一株。「愛女，愛女，嘿嘿，你眞的愛這個女兒麼？」他冷笑起來，想到丁典和戚芳，忍不住淚水又流了下來。

他的衣襟，早就爲悼念戚芳的眼淚濕透了。在凌霜華的墓前，又加上了新的眼淚。山岡附近沒人家，離開大路很遠，也沒人經過。但白天總不能刨墳。直等到天全黑了，才挖開墓土，再掘開三合土封著的大石，現出了棺木。

經歷了這幾年來的艱難困苦，狄雲早不是個容易傷心、容易流淚的人了，但在慘淡的月光下見到這具棺木，想到丁大哥便因這口棺木而死，卻不能不再傷心，不能不再流淚。

凌退思曾在棺木外塗上「金波旬花」的劇毒，雖然時日相隔已久，而且將棺木抬到此間下葬，料想棺外毒藥早已抹去，但他不敢冒險伸手去碰棺木，拔出血刀，從棺蓋的縫口中輕輕推了過去。那血刀削金斷玉，遇到木材，便如批豆腐一般，他不用使勁，便已將棺蓋的榫頭盡數切斷，右臂一振，勁力到處，棺蓋飛起。

驀然間，只見棺木中兩隻已然朽壞的手向上舉著。棺蓋一飛起，兩隻手便掉了下去，宛然會動一般。狄雲吃了一驚，心想：「凌小姐入棺之時，怎地兩隻手會高舉起來的？這眞奇了。」只見棺中並無壽衣、被褥等一般殮葬之物，凌小姐只穿一身單衣。

狄雲默默祝禱：「丁大哥，凌小姐，你二人生時不能成爲夫妻，死後同葬的心願終於得償。你二人死而有靈，也當含笑於九泉之下了。」解下背上包袱，打了開來，將丁典的骨灰撒在凌小姐屍身上。他跪在地下，恭恭敬敬的拜了四拜，然後站起身來，將包骨灰的包袱裹在手上，便去提那棺蓋，要蓋回棺木。

月光斜照，只見棺蓋背面隱隱寫著有字。狄雲湊近一看，只見那幾個字歪歪斜斜，寫的是：「丁郎，丁郎，來生來世，再爲夫妻。」

狄雲心中一寒，一交坐在地下，這幾個字顯是指甲所刻，他一凝思間，便已明白：「凌姑娘是給她父親活埋的，放入棺中之時，她還沒死。這幾個字，是她臨死時用指甲刻的。因此一直到死，她的雙手始終舉著。天下竟有這般狠心的父親！丁大哥始終不屈，凌姑娘始終不負丁大哥。她父親越等越恨，終於下了這毒手。」又想：「凌知府發覺丁大哥越獄，知道定會去找他算帳，急忙在棺木外塗上『金波旬花』的劇毒。這人的心腸，可比『金波旬花』還毒上百倍。」

他湊近棺蓋，再看了一遍那兩行字。只見這幾個字之下，又寫著三排字，都是些「四十一、三十三、五十三」等等數目字。狄雲抽了一口涼氣，心道：「是了，凌姑娘直到臨死，還記著和丁大哥合葬的心願。她答應過丁大哥，有誰能將她和丁大哥合葬，便將連城劍訣的秘密告知此人。丁大哥在廢園中跟我說過一些，只是沒說完便毒發而死。師父那本劍譜上的秘密，給師妹的眼淚浸了出來，偏偏給萬氏父子撕得稀爛。我只道這秘密從此湮沒，那知道凌姑娘卻寫在這裏。」

他默默祝告：「凌姑娘，你眞是信人，多謝你一番好心，可是我此心成灰，恨不得自掘一穴，自刎而死，伴在你和丁大哥身邊。只大仇未報，尙得去殺了萬家父子和你父親。金銀珠寶，在我眼中便如泥塵一般。」說著提起棺蓋，正要蓋上棺木，驀地裏靈機一動：「啊喲，對了！萬氏父子這時不知躲到了那裏，今生今世只怕再也找他們不著，但若將大寶藏的秘密寫在當眼之處，萬氏父子必然聞訊來看。不錯，這秘密是個大大的香餌，萬氏父子縱然起疑，再有十倍小心，也非來看這秘密不可。」

他放下棺蓋，看清楚數目字，一個個用血刀的刀尖劃在鐵鏟背上，刻完後核對一遍無誤，這才手上襯了包袱布，蓋上棺蓋，放好石板，最後將墳土重新堆好。

「這個大心願是完了！報了大仇之後，須得在這裏種上數百棵菊花。丁大哥和凌姑娘最愛的便是菊花。最好能找到『春水碧波』的名種綠菊花！」

第二天早晨，江陵南門旁的城牆上，赫然出現了三行用石灰水書寫的數目字。每個字都尺許見方，遠遠便能望見，「四、四十一、三十三、五十三……」奇怪的是，這幾行字離地二丈有餘，江陵城中只怕沒那麼長的梯子，能讓人爬上去書寫，除非是用繩子縋著身子，從城頭上掛下來寫。

離這三行字十餘丈外的城牆腳邊，狄雲扮作乞丐，脫下破棉襖，坐在太陽底下捉虱子。

從南門進進出出的人很多，只幾個時辰，江陵城中街市上、茶館裏，就有人紛紛談論，也有不少人到南門外來親眼瞧瞧。但這些數目字除了寫的地位奇特之外，並沒甚麼好看，一般閒人看了一會，胡亂猜測一番，便即走了，卻有好幾個江湖豪客留了下來。

這些人手中都拿著一本《唐詩選輯》，將城牆上的數字抄了下來，皺著眉頭苦苦思索。

狄雲見到孫均來了，沈城來了。過了一會，魯坤也來了。

但他們並不知道「連城劍法」每一招的次序，雖然手中各有一部《唐詩選輯》，雖然城牆上寫著大大的數字，又料到這些數字定是劍譜中的秘密，雖然偷聽到了師父和他兒子參詳秘密的法子，卻不知每一個數字，應當用在那一首詩中。

這世上，只有萬震山、言達平、戚長發三人知道。

魯坤等三人在悄悄議論。隔得遠了，狄雲聽不到他們的說話。見三人說了一會話，便回進城去，過不多時，三個人都化了裝出來。一個扮作水果販子，挑了一擔橘子，一個扮作菜販，另一個扮作荷著鋤頭的鄉民。三人坐在城牆腳邊，注視來往行人。

狄雲猜到了他們的心思。他們在等萬震山到來。他們參不透這秘密，但只要跟隨著萬震山，便能找到寶藏，就算奪不到，分一份總有指望。再和師父相見當然危險萬分，可是要發大財，怎能怕危險？

「連城劍譜」中頭上四個數目字早已傳開了，「四、四十一、三十三、五十三」，那便是「江陵城南」。「四、四十一、三十三、五十三」，以後還有一連串的數字，再蠢的人，也想得到那必是劍譜中的秘密。

在城牆腳邊坐下來的人越來越多，有的化了裝，有的大模大樣以本來面目出現。狄雲數了一數，一共有七十八人。再過一會，卜垣和馮坦也來了，他師兄弟二人不知爲甚麼事爭得面紅耳赤，差點就要打架，但終於也安靜下來，坐在護城河旁。

等到下午，萬氏父子沒出現。等到傍晚，萬氏父子仍沒出現。許多人已在破口大罵。萬家的祖宗突然聲名大噪，尤其是萬震山的奶奶。

天快黑了，一個教書先生模樣的人拿了一張紙，一隻墨盒，一枝筆，搖頭晃腦的，將城牆上這幾行字抄了下來。一條大漢正悶得沒地方出氣，一把抓住那人，問道：「你抄這些字幹甚麼？」那先生道：「老夫自有用處，旁人不得而問之也。」

那大漢道：「你說不說？不說，我就打。」提起醋缽大的拳頭，在他鼻尖前搖來晃去。那先生嚇怕了，顫聲道：「是……是人家叫我來抄的。」那大漢道：「誰叫你抄的？」那先生道：「一位老先生，不……不瞞你說，就是本城大名鼎鼎的萬震山萬老先生，你……你可得罪他老人家不得。」

「萬震山」這三個字一出口，衆人便鬨了起來。狄雲更加歡喜，只是這份歡喜之中，混著太多的仇恨和傷心。

那先生戰戰兢兢的在前面走，一腳高，一腳低，跌跌撞撞的直向東行，一百多人遠遠的跟著。萬震山既然不來，便去找萬震山。只有他，才參詳得出其中的秘密。這件事已揭明了，人多勢衆，要硬逼著萬震山去找寶藏。許多人稱讚那大漢：「幸虧你老哥聰明，我們怎麼沒想到萬震山會派人來抄數目字？要不是你老哥，大夥兒在城門邊等上三天三夜，萬震山卻早將寶藏起了去啦。」那大漢很是得意，說道：「這酸秀才鬼鬼祟祟，我料得他幹的不是好事。」似乎他自己幹的卻是好事。

狄雲混在人羣之中，隱隱覺得：「萬震山老奸巨滑，決不會這樣輕易便給人找到。

其中定有鬼計。」這時一行人離開南門已有數里，他回過頭來，又向城牆望去，一瞥眼間，只見一條人影從城牆邊飛快掠過，向西疾奔。

狄雲尋思：「這一羣人釘著這個教書先生，決計不怕他走了。他們如找到萬震山，也決不會離開了他。偌大一座江陵城，要尋萬氏父子十分艱難，但要找這麼亂七八糟的一大羣人，卻易過反掌，我何必跟在人羣之中？」

他心念一動，閃身隱在一株樹後，隨即展開輕功，反身奔向南門，更向西行。循著那人影的去向急奔，不到一盞茶時分便追上了。狄雲的內功既已修得爐火純青，輕功相應而高，腳下迅捷異常。他追蹤的那人輕功也甚了得，但比之狄雲卻又差得遠了。那人絲毫不覺有人跟隨，只快步奔跑。

狄雲見他奔到一間小屋之前，推門入內。狄雲守在門外，等他出來，過了一會，卻見小屋的窗子中透出了燈光。他閃到窗下，從窗縫中向內望去，只見屋裏坐著個老者，背向窗子，瞧不見他的面容。看他背影，便是適才所追蹤那人。

那老者在桌上攤開一本書來，狄雲一見便知是《唐詩選輯》，這本書近日來在江陵城中流行極廣，居然這老者未能免俗，也有一本。

只見他取過一枝禿筆，在一張黃紙上寫了「江陵城南」四個字，他口中輕輕唸著「一五、二十、十五、十八……第十八個字」，跟著在紙上寫個「偏」字。

狄雲大吃一驚：「這人居然能在這本唐詩中查得到字，難道他也會連城劍法？」瞧他背影，顯然不是萬震山。這老者穿著一件敝舊的灰色布袍，瞧不出是甚麼身分。

只見他查一會書，屈指計一會數，便寫一個字，一共寫了廿六個字。狄雲一個字、一個字的讀下去，見是：

「……西天寧寺大殿佛像向之虔誠膜拜通靈祝告如來賜福往生極樂」。

那老者大怒，將筆桿重重在桌上一拍，說道：「甚麼『向之虔誠膜拜，通靈祝告』，又甚麼『如來賜福，往生極樂』！他奶奶的，『往生極樂』，這不是叫人去見十殿閻王麼？」

狄雲聽這人口音極熟，正思索間，那人側頭回過臉來。狄雲身子一矮，縮在窗下，心道：「是二師伯，無怪他知道劍招。這卻又是甚麼秘密了？原來是戲弄人的。」心中忍不住好笑：「這許多人花了偌大心思，不惜弒師父、害同門，原來只是一句作弄人的話。」

他沒笑出聲來，但在屋中，言達平卻大笑起來：「哈哈，叫我向如來佛虔誠膜拜，通靈祝告，這泥塑木彫的他媽的臭菩薩便會賜福於我，哈哈，他奶奶的，叫老子往生極樂。我們合力殺了師父，師兄弟三人你爭我奪，原來是大家要爭個『往生極樂』。江陵城中這幾百條英雄好漢、烏龜賊強盜，爭來爭去，爲的都是要『往生極樂』，哈哈，哈哈！」笑聲中卻充滿了悽慘之意，一面笑，一面將黃紙扯得粉碎。

突然之間，他站著一動不動，雙目怔怔的瞧著窗外。

狄雲想起自己所以遭此大難、戚芳所以慘死，起因皆在這連城劍訣的秘密，而這秘密竟是幾句戲謔之言，心下悲憤之極，忍不住也要縱聲長笑。

便在此時，只見言達平眼望窗外，似乎見到了甚麼。只聽他喃喃自語：「到了這步田地，去天寧寺瞧瞧，那也不妨。江陵城南偏西，不錯，確是有這麼一座古廟。」他一揮手，撥熄了油燈，推門出來，展開輕功向西奔去。

狄雲心下遲疑：「我去尋萬震山呢，還是跟言師伯去？嗯，那一大批人易找得緊，還是先跟著言師伯瞧瞧。」當下盯住言達平的背影，追了下去。

不到小半個時辰，言達平便已到了天寧寺古廟之外。他先在廟外傾聽半晌，又繞著那廟轉了一個圈子，聽得廟內廟外靜悄悄地並無人蹤，這才推門而入。

這天寧寺地處荒僻，年久失修，門朽牆圮，廟內也無廟祝和尚。言達平來到大殿，一晃火摺，便要去點神壇上的蠟燭，火光之下，只見燭淚似乎頗爲新鮮，心念一動，伸手去揑了揑，果然燭淚柔軟，顯然不久之前有人點過這蠟燭。他心下起疑，吹熄了火摺，正要舉步出外查察，突覺背後一痛，一柄利刃揷進身子，大叫一聲，便即斃命。

狄雲躲在二門之後，見火光陡熄，言達平便即慘呼，知他已遭暗算，這一下事起倉卒，不及救援。他索性不動，要瞧傷害言達平的是誰。黑暗中只聽得一人「嘿，嘿，嘿」冷笑。這聲音傳入耳中，狄雲不由得毛骨悚然，這笑聲陰森可怖，卻又十分熟悉。

突然間火光抖動，有人點亮了蠟燭，燭光射到那人身上。那人慢慢的側過臉來。

狄雲險些脫口呼出：「師父！」

這人竟是戚長發。

只見他向言達平的屍身踢了一腳，拔出他背上長劍，又在他背心上連刺數劍。

狄雲見師父殺害自己同門師兄，手段竟如此狠毒殘忍，這句「師父」的呼聲剛到口邊，便硬生生的忍住。

戚長發嘿嘿冷笑，說道：「二師哥，你也查到了連城劍譜中的秘密，是不是？嘿嘿！『江陵城南偏西，天寧寺大殿佛像，向之虔誠膜拜，通靈祝告』，哈哈，二師哥，劍譜中說『如來賜福，往生極樂』，你現下不是往生極樂了麼？這不是如來賜福了麼？」他轉過頭來，望著那尊面目慈祥的如來佛像。他臉上堆滿戾氣，惡狠狠的端詳半晌，說道：「你奶奶的臭佛，戲弄了老子一生，坑害得我可就苦了！」縱身上了神壇，提起長劍，噹噹噹三響，在佛像腹上連砍三劍。

一般佛像均是泥塑木彫，但這三劍砍在其上，卻發出錚錚錚的金屬之聲。戚長發一怔，又砍了兩劍，但覺著劍處極是堅硬。他拿起燭台湊近一看，只見劍痕深印，露出燦爛金光，戚長發一呆，伸指將兩條劍痕之間的泥土剝落，但見閃閃發光，裏面竟然都是黃金。他忍不住叫道：「大金佛，都是黃金，都是黃金！」

這座佛像高逾三丈，粗壯肥大，遠超尋常佛像，如通體全以黃金鑄成，少說也有五六萬斤，那不是大寶藏是甚麼？

他狂喜之下，微一凝思，轉到佛像背後，舉劍批削，見佛像腰間似有一扇小小暗門。他不住用力砍削，泥塑四濺，只將長劍削得崩了數十個缺口，才將暗門四周的泥塑都削去了。只見那暗門也是黃金所鑄，戚長發將劍伸進暗門周圍的縫隙中去撬了幾下，喜不自勝、心慌意亂之下，啪的一聲，長劍竟爾折斷。

他提起半截斷劍，到暗門的另一邊再去撬。又撬得幾下，那暗門漸漸鬆了。戚長發拋下斷劍，伸手指將暗門輕輕起了出來，舉燭火照去，只見佛像肚裏珠光寶氣，靄靄浮動，不知這個大肚子之中，藏了有多少珍珠寶貝。

戚長發咽了幾口唾沫，正想伸手到暗門之內去摸出些珠寶來瞧瞧，突覺神壇輕輕晃動。他心知有異，縱身便即躍下，左足剛著地，小腹上一痛，已給人點中了穴道，咕咚一聲，摔倒在地。

神壇下鑽出一個人來，側頭冷笑，說道：「戚師弟，你找得到這兒，老二找得到這兒，怎麼不想想，大師兄也找得到這裏啊！」說話之人，正是萬震山。

戚長發陡然發見大寶藏，饒是他精細過人，見了這許多珠寶，終於也不免喜出望外，一疏神間，竟著了萬震山的道兒，恨恨的道：「第一次你整我不死，想不到終於還是死在你的手下。」萬震山得意之極，道：「我正在奇怪，戚師弟，我扼死了你，將你封入夾牆之中，怎麼又會活了過來？」戚長發閉目不答。

萬震山道：「你不回答，難道我就猜不到？那時你敵我不過，就即閉氣裝死，封入夾牆之後，居然能夠脫逃。了不起！好本事！當時我見封牆的磚頭有一塊凸了出來，心中一直覺得不大妥當，可說甚麼也想不到是給你掙扎著逃走時踢出來的。」

萬震山那日將戚長發封入了夾牆後，次日見到封牆的磚頭有一塊凸出，這件事令他內心十分不安，又不敢開牆察看戚長發的屍身，這才患上了離魂之症，睡夢中起身砌牆。他一直在怕戚長發的「殭屍」從牆洞裏鑽出來，因此睡夢中砌了一次又一次，要將牆洞封得牢牢的。他又冷笑道：「嘿嘿，你也眞厲害，眼睜睜的瞧著你女兒做了我兒媳婦，竟始終不現身。我問你，那是爲了甚麼？爲了甚麼？」

戚長發一口濃痰向他吐去。

萬震山閃身避開，笑道：「老三，你要死得乾脆呢，還是愛零零碎碎的受苦？你想死得痛快，就跟我說，你用甚麼法子在那小客店裏盜了劍譜，讓我和老二都追尋不到。」

戚長發冷笑道：「那還不容易？那晚我等你二人睡得像豬玀一般，便悄悄起身開了鐵盒，將劍譜塞入抽屜之下與桌子的夾層之中，第二天早晨，劍譜自然無影無蹤。我們三人爭吵一場，分手而去，你在後面跟蹤言達平，言達平在跟蹤我，我就跟蹤你，咱三人互相跟蹤了一個月後各自散了，我這才回去小客店，在抽屜夾層中將劍譜取了出來，回家藏入衣箱的舊衣服間，卻不知怎樣，給我女兒拿去了。姓萬的，你給我個痛痛快快罷！」

萬震山獰笑道：「好，給你個痛快的。按理說，不能給你這麼便宜，只是你師哥沒功夫了，須得趕快用爛泥塗好佛像。好師弟，你乖乖的上路罷！」說著提起長劍，便往戚長發胸口刺落。

突然間紅光一閃，萬震山一隻右臂齊肘連刀，落在地下，身子跟著給人一腳踢開，正是狄雲以血刀救了戚長發的性命。

他俯身解開戚長發的穴道，說道：「師父，你受驚了！」

這一下變故來得好快，戚長發呆了老大半晌，才認清楚是狄雲，說道：「雲……雲兒，是你？」狄雲和師父別了這麼久，又再聽到「雲兒」這兩個字，不由得悲從中來，說道：「是，師父，正是雲兒。」戚長發道：「這一切，你都瞧見了。」狄雲點了點頭，道：「師妹，師妹，她……她……」

萬震山斷了一臂，掙扎著爬起，衝向廟外。戚長發搶上前去，一劍自背心刺入，穿胸而出。萬震山一聲慘呼，死在當地。

戚長發瞧著兩個師兄的屍體，緩緩的道：「雲兒，幸虧你及時趕到，救了師父的性命。咦，那邊有誰來了？是芳兒嗎？」說著伸手指著殿側。

狄雲聽到「芳兒」兩字，心頭大震，轉頭一看，卻不見有人，正驚訝間，突覺背上一痛。他反手抓住來襲敵人的手腕，一轉頭，只見那人手中抓著一柄明晃晃的匕首，正是師父戚長發。狄雲大是迷惘，道：「師……師父……弟子犯了甚麼罪，你要殺我？」他這時才想起，適才師父一刀已刺在自己背上，只因自己有烏蠶衣護身，才又逃得了性命。

戚長發給他抓住手腕，半身酸麻，使不出半分力道，驚怒交集之下，恨恨的道：「好，你學了一身高明武功，自不將師父瞧在眼裏了。你殺我啊，快殺，快殺，幹麼不殺？」狄雲鬆開了手，仍是不解，道：「我怎敢殺害師父？」

戚長發叫道：「你假惺惺的幹甚麼？這是一尊黃金鑄成的大佛，你難道不想獨吞？我不殺你，你便殺我，那有甚麼希奇？這是一尊金佛，佛像肚裏都是價值連城的珍寶，你爲甚麼不殺我？爲甚麼不殺我？」他高聲大叫，聲音中充滿了貪婪、氣惱、痛惜，那聲音不像是人聲，便如是一隻受了傷的野獸在曠野中嗥叫。

狄雲搖搖頭，退開幾步，心道：「師父要殺我，原來爲了這尊黃金大佛？」霎時之間，他甚麼都明白了：戚長發爲了財寶，能殺死自己師父、殺死師兄、不顧親生女兒死活，爲甚麼不能殺徒弟？他心中響起了丁典的話：「他外號叫作『鐵鎖橫江』，甚麼事情做不出？」他又退開一步，說道：「師父，我不要分你的黃金大佛，你獨個兒發財去罷。」他眞不能明白：一個人世上甚麼親人都不要，不要師父、師兄弟、徒弟，連親生女兒也不要，有了價値連城的大寶藏，又有甚麼快活？

戚長發不相信自己的耳朵了，心想：「世上那有人見到這許多黃金珠寶而不起意？狄雲這小子定然另有詭計。」他這時已沉不住氣，大聲道：「你搗甚麼鬼？這是一座黃金大佛，佛像肚中都是珠寶，你爲甚麼不要？你要使甚麼鬼計？」

狄雲搖了搖頭，正想走出廟去，忽聽得腳步聲響，許多人蜂擁而來。他縱身上了屋頂，向外望去，只見一百多人打著火把，喧嘩叫嚷，快步奔來，正是那一羣江湖豪客，只聽得有人喝罵：「萬圭，他媽的，快走，快走！」狄雲本想要走，一聽到「萬圭」兩字，當即停步。他還沒爲戚芳報仇。

這一羣人爭先恐後的入廟，狄雲看得淸楚，萬圭讓幾個大漢扭著，目青鼻腫，已給人飽打了一頓，身上仍穿著那件酸秀才的衣衫。原來他喬裝成個教書先生的模樣，故意將城牆邊的一眾江湖豪士引開，好讓萬震山到天寧寺來尋寶。但在眾人的跟隨查究之下，終於露出了馬腳。各人以性命相脅，逼著他帶到天寧寺來。

戚長發聽得人聲，急忙躍上神壇，想要掩住佛像劍痕中露出來的黃金。但遲了一步，眾人已見到他站在神壇之上，雙手去掩佛像的大肚子。這時數十根火把照耀之下，廟中有如白晝。各人眼見到金光，一齊大聲發喊，搶將上去，七手八腳的，便去斬剝佛像上的泥塑。各人刀砍劍削，不多時佛像身上到處發出燦爛金光。

跟著有人發見佛像背後的暗門，伸手進去，掏出了大批珠寶，站在後面的便用力將他擠開。珠寶一把把的摸出來。強有力的豪士便從別人手中劫奪。

突然間門外號角聲嗚嗚吹起，廟門大開，數十名兵丁衝了進來，高叫：「知府大人到，誰都不許亂動。」隨後一人身穿官服，傲然而進，正是荊州府知府凌退思。他在城內城外耳目眾多，這些江湖豪客之中便混得有他的部屬，一得訊息，立時提兵趕來。

凌退思害死丁典、逼死女兒，仍對「連城訣」不得絲毫頭緒，但他找尋荊州大寶藏的痴心始終不息，雖知梅念笙與此有關，但不知關鍵是在「唐詩劍法」。他繼續付出大批賄賂，在荊州府知府任上連任，又以「龍沙幫」幫主身份，派出幫眾查探，終於得到訊息，這「連城訣」關連到一本《唐詩選輯》。

凌退思是翰林出身，文才卓超，一翻《唐詩選輯》，見有些詩篇是晚唐詩人所作，上距梁元帝五六百年，梁元帝的大寶藏絕無可能在唐詩中留有線索，於是進一步潛心偵查。才知原來梁元帝藏妥寶藏後，將所經手的官兵匠人盡數殺戮，後來他爲北周官兵所害，寶藏就此絕無蹤跡。到得大清康熙年間，忽有一位身具高強武功的高僧駐錫荊州天寧寺，無意中發現了寶藏，他將此訊息寫成書信，託人送交給當時天地會廣東紅旗香主吳六奇，請他去發掘出來，作天地會反淸復明之用。因怕洩漏機密，他將寶藏所在處用密碼（劍訣）注入一本當時流傳的《唐詩選輯》之中，送交吳六奇。吳六奇是他師兄的弟子，同門相傳，和那高僧都會「唐詩劍法」，知道劍法的次序。不幸密碼送到時，吳六奇遭難，爲人所害，這劍訣密碼便流落在外。送信人輾轉將訊息傳了出來，訊息若不與《唐詩選輯》連在一起，湊不成一塊；得訊之人如不會「唐詩劍法」，雖知劍訣，但不知劍招次序，寶藏也就難以找到。梅念笙是那高僧與吳六奇的同派門人，會使「唐詩劍法」，後來又得了劍訣，事機不密，落得給三個徒弟背叛殺害的下場。

一衆江湖豪客見了這許多珠寶，那裏還忌憚甚麼官府？各人只拚命的搶奪珍寶。地下滾滿了珍珠、寶石、金器、白玉、翡翠、珊瑚、祖母綠、貓兒眼……凌退思的部屬又怎會不搶？兵丁先俯身撿拾，於是官長也搶了起來。誰都不肯落後。戚長發在搶、萬圭在搶、連堂堂知府大人凌退思，也忍不住將一把把珠寶揣入懷中。一搶奪，便不免鬥毆。於是有人打勝了，有人流血，有人死了。

這些人越鬥越厲害，有人突然間撲到金佛上，抱住了佛像狂咬，有的人用頭猛撞。狄雲覺得很奇怪：「爲甚麼會這樣？就算是財迷心竅，也不該這麼發瘋？」

不錯，他們個個都發了瘋，紅了眼亂打、亂咬、亂撕。狄雲見到鈴劍雙俠中的汪嘯風在其中，見到「落花流水」的花鐵幹也在其中，更有不少人是曾到雪谷中去救水笙、又出言侮辱她的羣豪大漢，其中很有些是爲人仁義的豪俠。他們一般的都變成了野獸，在亂咬、亂搶，將珠寶塞到嘴裏，咬得格格作響，有的人把珠寶吞入了肚裏。

狄雲驀地裏明白了：「這些珠寶上餵得有極厲害的毒藥。當年藏寶的皇帝怕魏兵搶劫，因此在珠寶上塗了毒藥。」他想去救師父，但已來不及了。這些人中毒之後，人人都難活命，凌退思、萬圭、魯坤、卜垣、沈城等人作了不少惡，終於發了大財，但不必去殺他們，他們都已活不成了。

狄雲在丁典和凌姑娘的墳前種了幾百棵菊花。他沒僱人幫忙，全是自己動手。他是莊稼人，鋤地種植的事本是內行。只不過他從前很少種花，種的是辣椒、黃瓜、冬瓜、白菜、茄子、空心菜……

他離了荆州城，抱著空心菜，匹馬走上了征途。他不願再在江湖上廝混，他要找一個人跡不到的荒僻之地，將空心菜養大成人。

他回到了川邊的雪谷。

戚芳在萬家給他的一百兩銀子，除了在荊州城給丁典和凌姑娘整理墳墓之外，便是酬謝照顧空心菜那家農婦的一些使費，以及一路從鄂西來到川邊的旅途膳宿之費。他在成都給空心菜買了一大包衣服鞋襪，自己也買了些綿衣褲和布衣褲、幾十雙草鞋，包成一大包都負在背上。來到川邊石渠的雪谷口上，還賸下三十幾兩幾錢銀子，他在手裏掂了掂，用力擲出，拋入了路邊的峽谷之中，心道：「便有黃金萬兩，珍寶無數，在雪谷裏又有甚麼用？」

但師妹沒有一起來，今後永遠永遠不能再來了，再見她一面也不能，寂寞得很，淒涼得很。

「舅舅，舅舅，爲甚麼你又哭了？你想念我媽嗎？我們說好了的，誰也不許再哭！」

鵝毛般的大雪又開始飄下，來到了昔日的山洞前。

突然之間，遠遠望見山洞前站著一個少女。

那是水笙！

她滿臉歡笑，向他飛奔過來，又笑又叫：「我等了你這麼久！我知道你終於會回來的。你如不來，我要在這裏等你十年，你十年不來，我到江湖上找你一百年！」

（全書完）

後記

兒童時候，我浙江海寧袁花鎭老家有個長工，名叫和生。他是殘廢的，是個駝子，然而只駝了右邊的一半，形相特別顯得古怪。雖說是長工，但並不做甚麼粗重工作，只是掃地、抹塵，以及接送孩子們上學堂。我哥哥的同學們見到了他就拍手唱歌：「和生和生半爿駝，叫他三聲要發怒，再叫三聲翻觔斗，翻轉來像隻癱淘籮。」「癱淘籮」是我故鄉土話，指破了的淘米竹籮。

那時候我總是拉著和生的手，叫那些大同學不要唱，有一次還爲此哭了起來，所以和生向來對我特別好。下雪、下雨的日子，他總是抱了我上學，因爲他的背脊駝了一半，不能背負。那時候他年紀已很老了，我爸爸、媽媽叫他不要抱，免得滑倒了兩個人都摔交，但他一定要抱。

有一次，他病得很厲害，我到他的小房裏去瞧他，拿些點心給他吃。他跟我說了他的身世。

他是江蘇丹陽人，家裏開一家小豆腐店，父母替他跟鄰居一個美貌的姑娘對了親。家裏積蓄了幾年，就要給他完婚了。這年十二月，一家財主叫他去磨做年糕的米粉。這家財主又開當鋪，又開醬園，家裏有座大花園。磨豆腐和磨米粉，工作是差不多的。財主家過年要磨好幾石糯米，磨粉的功夫在財主家後廳上做。這種磨粉的事我見得多了，只磨得幾天，磨子旁地下的青磚上就有一圈淡淡的腳印，那是推磨的人踏出來的。江南各地的風俗都差不多，所以他一說我就懂了。

因為要趕時候，磨米粉的功夫往往做到晚上十點、十一點鐘。這天他收了工，已經很晚了，正要回家，財主家裏許多人叫了起來：「有賊！」有人叫他到花園裏去幫同捉賊。他一奔進花園，就給人幾棍子打倒，說他是「賊骨頭」，好幾個人用棍子打得他遍體鱗傷，還打斷了幾根肋骨，他的半邊駝就是這樣造成的。他頭上吃了幾棍，昏暈了過去，醒轉來時，身邊有許多金銀首飾，說是從他身上搜出來的。又有人在他竹籮的米粉底下搜出了一些金銀和銅錢，於是將他送進知縣衙門。賊贓俱在，他也分辯不來，給打了幾十板，收進了監牢。

本來就算是作賊，也不是甚麼大不了的罪名，但他給關了兩年多才放出來。在這段時期中，他父親、母親都氣死了，他的未婚妻給財主少爺娶了去做繼室。

他從牢裏出來之後，知道這一切都是那財主少爺陷害。有一天在街上撞到，他取出一直藏在身邊的尖刀，在那財主少爺身上刺了幾刀。他也不逃走，任由差役捉了去。那財主少爺只是受了重傷，卻沒有死。但財主家不斷賄賂縣官、師爺和獄卒，想將他在獄中害死，以免他出來後再尋仇。

他說：「眞是菩薩保祐，不到一年，老爺來做丹陽縣正堂，他老人家救了我命。」

他說的老爺，是我祖父。

我祖父文清公（他本來是「美」字輩，但進學和應考時都用「文清」的名字），字滄珊，故鄉的父老們稱他爲「滄珊先生」。他於光緒乙酉年中舉，丙戌年中進士，隨即派去丹陽做知縣，做知縣有成績，加了同知銜。不久就發生了著名的「丹陽教案」。

鄧之誠先生的《中華二千年史》卷五中提到了這件事：

「天津條約許外人傳教，於是教徒之足跡遍中國。莠民入教，輒恃外人爲護符，不受官吏鈐束。人民既憤教士之驕橫，又怪其行動詭秘，推測附會，爭端遂起。教民或有死傷，外籍教士即藉口要挾，勒索巨款，甚至歸罪官吏，脅清廷治以重罪，封疆大吏，亦須革職永不敘用。內政由人干涉，國已不國矣。教案以千萬計，茲舉其大者：

「……丹陽教案。光緒十七年八月……劉坤一、剛毅奏，本年……江蘇之丹陽、金匱、無錫、陽湖、江陰、如皋各屬教堂，接踵被焚燬，派員前往查辦……蘇屬案，係由丹陽首先滋事，將該縣查文清甄別參革……」（光緒東華錄卷一〇五）

所謂「參革」，「參」是「參劾」，上司向皇帝奏告過失，「革」是「革職」，皇帝根據參劾，下旨革職。我祖父受參革之前，曾有一番交涉。上司叫他將爲首燒教堂的兩人斬首示衆，以便向外國教士交代。如果遵命辦理，上司非但不參劾，還會保奏，向皇帝奏稱我祖父辦事能幹得力，便可升官。但我祖父同情燒教堂的人民，通知爲首的兩人逃走，回報上司：此事是由外國教士欺壓良民而引起公憤，數百人一湧而上，焚燒教堂，並無爲首之人。跟著他就辭官，朝廷定了「革職」處分。

我祖父此後便在故鄉閒居，讀書做詩自娛，也做了很多公益事業。他編一部《海寧查氏詩鈔》，有數百卷之多，但雕版未完工就去世了（這些雕版放了兩間屋子，後來都成爲我們堂兄弟的玩具）。出喪之時，丹陽推了十幾位紳士來弔祭。當時領頭燒教堂的兩人一路哭拜而來。據我父親、叔伯們的說法，那兩人走一里路，磕一個頭，從丹陽直磕到我故鄉。丹陽雖距我家不很遠，但對這說法，現在我不大相信了，小時候自然信之不疑。不過那兩人十分感激，最後幾里路磕頭而來當然是很可能的。

前些時候到臺灣，見到了我表哥蔣復璁先生。他當時是故宮博物院院長，以前和我二伯父在北京大學是同班同學。他跟我說了些我祖父的事，言下很是讚揚。那都是我本來不知道的。一九八一年，我去丹陽訪問參觀，當地人民政府的領導熱誠招待，對我祖父當年的作爲認爲是反對帝國主義、維護人民利益的功績，當地報紙上發表了讚揚文章。

和生說，我祖父接任做丹陽知縣後，就重行審訊獄中的每一個囚犯，得知了和生的冤屈。可是他刺人行兇，確是事實，也不便擅放。但如不放他，他在獄中日後一定會給人害死。我祖父辭官回家時，索性悄悄將他帶了來，就養在我家裏。

和生直到抗戰時才病死。他的事跡，我爸爸、媽媽從來不跟人說。和生跟我說的時候，以爲他那次的病不會好了，連說帶哭，也沒有叮囑我不可說出來。

這件事一直藏在我心裏。《連城訣》是在這件眞事上發展出來的，紀念在我幼小時對我很親切的一個老人。和生到底姓甚麼，我始終不知道，和生也不是他的眞名。他當然不會武功。我只記得他常常一兩天不說一句話。我爸爸媽媽對他很客氣，從來不差他做甚麼事。他在我家所做的工作，除了接送我上小學之外，平日就是到井邊去挑幾擔井水，裝滿廚房中的幾口七石缸。甚至過年時做年糕的米粉，家裏也到外面去僱了人來磨，不請和生磨。

這部小說寫於一九六三年，那時《明報》和新加坡《南洋商報》合辦一本隨報附送的《東南亞周刊》，這篇小說是爲那周刊而寫的，書名本來叫做《素心劍》。

一九七七・四・

連城訣. 2, 雪谷羽衣 / 金庸作.　-- 二版.　-- 臺北市：
遠流，2019.04
面；公分. --(大字版金庸作品集；40)
大字版
ISBN 978-957-32-8501-4 (平裝)

857.9　　　　　　　　　　　　　　108003417